文芸社セレクション

デリートキー

山根 光子

文芸社

世間(よのなか)を憂しとやさしと思へども
飛び立ちかねつ鳥にしあらねば
山上　憶良

目次

デリートキー

世の中の人はどれくらい自分自身も含め、他人を削除したことがあるのだろうか？

初美が初めて自分自身を削除しようと思ったのは、母に愛されていないと感じた中学生の頃。世間では、反抗期にあたる頃だが、初美には反抗期がなかった。

いや、母に反抗などできなかった。初美の中で母は絶対的な威圧感のある存在だった。決して反抗できない、傍に居なくても初美の脳の片隅に常に母が鎮座している。母のことを考えると思考停止状態になるのだ。

もっと幼い頃は何とか母に認めてもらいたい一心だった。

母が自分に向けて笑顔を見せてくれない。何をしても褒められない。罵倒される。たとえ祖父母や叔父叔母たちが可愛がってくれても肝心の母から愛して貰えない。

試しに末の妹頼子の様に少し甘えてみると、キツイ顔で平手が初美の頬に飛んでくる。

他人に甘えるな。依頼心を持つな。これが、初美が母からいつも言われていた言葉だった。

叱られる時も大したことをした訳ではなかった。

例えば、着ているセーターの裾に手をくるっと巻き、悴んだ手を温めようとするとバシッと叩かれる。「ほいと（乞食）の子みたいにするんじゃない。みっともない」何か質問されてすぐに答えが出てこない、母の待っている答えではないなど、母の怒りのポイントに触れると、正座させられトイレにも行かせて貰えない。失禁しそうになっても、その正座のまま用を足すように言われ逆らえない。しかも、その怒りのポイントが初美にはなかなか分からないのだ。

初美の精一杯の努力も一回叱られると帳消し。初美の思いが母には通じない。母からいつも言われていた言葉。

「お前みたいな馬鹿は見たことない」「なんでそんなにトロいの。チャッチャとしなさい」「お前見てると本当にイライラする」

いくら頑張っても、母の求めている子供になれない。何をやっても叱られる。やはり自分が無能だからなのか？　自分がいなくなれば母に笑顔が戻るのか？　と思い悩み、一人自宅から一キロほどの所にあるロココ川の堤防を歩きながら何度も川を覗く。川は手招きをしているように波打っている。

自分が死んだら母は少しは悲しんでくれるのだろうか？　それとも最初は周りの反応を見て悲しい素振りをしても、内心は清々するのではないのか？

堤防を何度も往復しながら考えるも、やはり川へ入る勇気が出ない。結局、何も行動できずに家に帰る。

妹の房枝(ふさえ)は初美の思いを見透かす様に、小声で「お姉ちゃん、今日はどこ行ってたの？馬鹿じゃないの？　子供っぽい」

「何のこと？」

初美は惚けたが、『また馬鹿にされた』心で呟いた。

房枝は姉妹で一番成績が良く、物静かで決して余計なことは言わない。何を考えているか計り知れないところがあるが、冷静なのだと初美はいつも彼女には敵わないと感じていた。

幼い時から母に叱られる時も、初美の様に声を上げて泣かないで欠伸をする振りをする。欠伸で涙が出たように振る舞うのだ。両親も房枝には一目置いている。

今日のことを肝心の母は何も気付いていない様子。

『これで良いんだ。母に気付かれたら気付かれたで面倒になる』

その頃からことあるごとに、誰かに傷つけられたら、その傷つけた人がもしいなくなったらと空想する。そう、その人を削除する癖が付いた。自分自身はリアルに、自分以外は妄想で。

母の死

母が死んだ。あの母が本当に死んだ……それは、突然意外な形で知らされた。

妹の房枝から突然電話があったのは、北海道では一番寒さが厳しいはずの二月二十五日だった。

だが、この日は気持ちが悪いほど暖かい。そんな日の午後だった。

「はい、野田(のだ)です」

「小森(こもり)ですけど」

「あらっ房枝ちゃん、母さんに何かあった？」

「はい、母は十八日に亡くなりました。葬儀は身内で執り行いましたのでお知らせします」

初美は突然のことに息を飲み、耳の奥でキーンと音がした。そして軽い眩暈(めまい)を覚えた。

「どういうこと？　調子悪かったの？　十八日って亡くなって一週間も経ってるじゃないの。身内でって私は身内じゃないの？　どういうこと？　親の葬儀を事後報告って……」

喉で詰まっていた言葉をやっと絞り出して矢継ぎ早に訊ねた。

「亡くなる少し前に具合が悪くなって入院していました」

初美は耳を疑った。

「じゃあ、入院している間に連絡をくれたら良かったじゃない」

「暫く疎遠でしたので」

房枝の乾いた抑揚のない声が異様に思えた。

「疎遠って、それって元々は房枝ちゃんが原因じゃないの。母さんとは疎遠じゃなかったし、それに去年の叔父ちゃんのお葬式でも房枝ちゃんと会って話したじゃないの……帰りに母さんにも会ったし……」

初美は納得がいかなかった。

「あぁそうでしたね。兎に角全て終わったので、お知らせしたまでです。では、失礼します」

一方的に淡々と、相変わらず慇懃無礼に事後報告をして房枝の電話は切れた。

初美は暫く放心状態で受話器を持ったまま動けないでいた。

今のは……いったい何だったのだろう。どういうことなのだろう。『ここまでされる？それほど私は憎まれていたのか』

確かにある事情から妹たちとは、ここ数年疎遠になっていた。房枝の話し言葉もいつの頃からか他人行儀になっていた。

だが、昨年のN市での叔父の葬儀に三女の頼子は来ていなかったが、次女の房枝を見かけて初美の方から声を掛け少々話をした。

火葬場へ向かう葬儀社のマイクロバスの中でも僅かだが言葉を交わしたし、火葬が終わるのを待っている間にも、親族の待合室で従妹たちと房枝も交えて、叔父の思い出を話したりしていた。

その時、房枝との関係も幾らか氷解してきたのでは？　と内心嬉しく思っていた。

その頃、母親の曜子(ようこ)は認知症の初期で房枝の住む町の隣のＮ市にあるグループホームに入所していて、叔父の葬儀は欠席していた。

Ｎ市は北海道の東部に位置し、初美・房枝・頼子の三姉妹の故郷である。

長女の初美と三女の頼子は、お互いの夫が転勤族で、それぞれ数度の転勤の後Ｎ市からＪＲで五時間ほどの札幌に落ち着き住んでいる。

その為、曜子が八十歳を過ぎた頃グループホームに入所してからは、隣町に住む房枝が時折、自家用車で二十分ほどの距離のグループホームへ母親の様子を見に行っていた。

初美も頼子もそれぞれに、グループホーム入所以前から時折母の所へ顔を見に訪れていた。

初美は叔父の葬儀の後、札幌に戻る前に夫と共に息子祐輔(ゆうすけ)の車で、グループホームの母親を訪ねた。

先刻母の所へ行くことを房枝に伝え、一緒にどうかと誘ったが断られて妙な空気になった。

重い気持ちのまま、祐輔の運転する車は初美と夫の一郎(いちろう)を乗せグループホームに着いた。

グループホームの玄関の引き戸を開けるとすぐ階段が見える。

母は二階の四畳半ほどの個室に居住している。

施設スタッフに土産の菓子折を渡して挨拶を終え母親の部屋の引き戸を開けた。

母の部屋の箪笥の上には、母を真ん中に房枝と頼子が並んでいる写真があった。初美が手紙と一緒に送った、祐輔の子供たちの写真はそこにはなかった。

母の曜子はベッドに横になっていた。このホームに入所してから随分痩せた。

かつては小太りでいつも元気過ぎるくらいだったのだが、顔立ちもすっかり変わっていた。痩せたせいか、米寿に近い割には若い頃より綺麗な面差しだ。

「母さん、こんにちは。元気にしてた？」

初美は、いつも母の顔を見る時は緊張して手に汗を握り、脈拍が速くなる。

これは初美が物心ついてから還暦を過ぎた今でも変わらない。つい、母の表情と声の調子を探ってしまう。母が今どんな精神状態にあるのか確認し、その状態に対応する準備を咄嗟に考える。

そうしないと安心して母と会話することができないのだ。

「あらっ。どうしたの急に」

母は突然来た娘に驚いている。

叔父の葬儀の知らせがあってから、N市へ祐輔に車で同行して貰うため連絡をとり、障害者の夫が通っているデイサービスへ数日休む旨の連絡・その日に泊まるホテルの予約などしていて時間がなかった為、母に訪問することを前もって伝えていなかった。

母が入所しているグループホームのスタッフに、叔父が亡くなったことを、母に伝えて良いか確認してからなるべく普通を装い、ゆっくりと話し始めた。

「母さん、剛叔父ちゃん亡くなったんだよ。それで来たの」

「えっ？　剛さんが死んだ？　いつ？」

初めて聞いたように驚いている。

スタッフに確認した時には、「妹さんからご連絡を頂いています。参列はできないけれど、弟さんが亡くなられたことは既にお母さんには伝えてあるので大丈夫ですよ」

その様にスタッフは答えていたのだが、やはり未だ軽度とは言え、認知症を患った今の状態では、葬儀の出席は無理だったのだ。

二時間ほど母の傍にいる間にも母は、何度も香典と喪服の用意をしなければと、不安気にしている。その度に初美は、用意はできているから心配いらないと同じ答えを繰り返した。

房枝からの母の死を伝える電話の後、そんな昨年の出来事をボーッと思い出していた。

房枝からの突然の報告。受話器を持ったまま、気が付くと涙がとめどなく流れ、そのうちに声を出し、子供の様にしゃくり上げて泣いた。

一頻り泣くと少し落ち着いた。改めて母のことを考えた。

あの人が、あの母が亡くなった。本当にいなくなったんだ。私の前から……

ことあるごとに母から言われ続けた「お前みたいな馬鹿は見たことない」「依頼心を持つな」この二つの言葉は初美の人生で、とても重い言葉になった。子供が小さい時でも、母に頼み事をしたことはない。必ず断られるし言われる言葉は決まっていたから。

母が死んでも涙など出てこないのではないかと思っていたので、泣きじゃくっている自分に正直驚いていた。

初美は、母から常に支配され逃れられないと感じていた。物心が付いた頃からいつも、臓腑の底に泥の塊が重く内在しているかのように母がいた。

房枝の抑揚のない話し方が耳の奥から繰り返し聞こえる。暖房を点けているのに、体中が冷えていくのを感じた。手足の指先が氷の様に冷たい。

いつもそうだった。母に関して何か問題が起きたり、初美自身が対処するのに窮することが起きた時は必ず体中が冷えて眠れなくなる。

それにしても何故、房枝は母が亡くなる前に連絡をくれなかったのだろう。それほど憎まれていたのか？

それなら、同じ札幌に住んでいる三女の頼子はどうしたのだろう。

自宅マンションの窓から見える遠山を眺めながら妹たちの事を考えた。

遠山は冬霞で周りの景色も乳白色の薄いシルクシフォンに包まれている様だ。

ここ十年いや、もっと以前のことを思い出していた。

どこで間違えたのだろう。決して母の様にはならないと心に誓って生きてきた。

自分は母に対する反面教師で、母の様な態度は取らない。長女だからと、偉ぶらず出しゃばらず、妹たちと何でも話し合いながら母と付き合っていこう。そうすれば必ず上手くいく。そう思っていた。

――そのはずだった――

取り敢えず、結婚して市内にいる息子の祐輔と関西で就職している娘の美緒（みお）に、房枝から祖母が亡くなったとの知らせが電話で来たことをメールで知らせた。

夜になって二人から電話が来た。

「へえ～！　そうか祖母ちゃん亡くなったのか。葬式終わってから連絡来るなんて、何か房枝おばさんらしいな」

祐輔は淡々としていた。

「どういうこと？　祖母ちゃんが亡くなったの？　いつ？　なんで今頃連絡来たの？」

美緒は葬儀の連絡もなく今頃知らせてきたことを不審に思ったのだろう。

「何だか分からない。亡くなる一週間くらい前から調子悪くなって入院していたらしい。

詳しいことを頼子ちゃんに訊いてみようと思う」

「そう、詳細が分かったら知らせて」

「そうね。そうするわ。じゃぁまた後でね」

初美は母にとっては初孫の祐輔と美緒にも会えないで亡くなったことを、あらためて情けなく、また涙が零れた。子供たちはどう感じただろうか？

頼子にことの成り行きを訊くため電話を掛けようとしたが、受話器を持つ手が小さく震えそのまま受話器を置いた。

やはり躊躇する自分がいた。その夜も体が冷えて眠れず、一晩中母と妹達のことをずっと考えてまんじりともしなかった。

次の日、三女の頼子から電話が来た。

「おねえさん？　立花(たちばな)ですけど」

いつの頃からか、お姉ちゃんからお姉さんと呼ばれるようになっていた。

「頼子ちゃん。暫くね」

頼子ともあの事があって以来、連絡をとりあっていなかった。

「お母さんのこと聞いた？」

やはり後ろめたい気持ちがあるのか。頼子の声は少し上ずっていた。

「房枝ちゃんからの電話で聞いたわ。驚いた。どうして知らせてくれなかったの？　房枝ちゃんは身内だけで葬儀したって言っていたけど、どう言うこと？　頼子ちゃんは出席したの？」

頼子を詰るように矢継ぎ早に訊いた。

「おねえさん、一度電話切る。もう少ししてからまたかけるから」

「えっ？　どういうこと？」

「ごめん。心を落ち着かせてからまた掛けるから」

頼子の電話は意味不明なまま切れた。初美は何がどうなっているのか、要領を得ない消化不良の感覚で何とも不快だった。

二時間ほど経った頃、再度頼子から電話が来た。

「お姉さん。さっきはごめん。どういう風にお姉さんに話したら良いか、頭でまとまってなかったから」

「それで、まとまったの？　一体どういうことなのよ」

初美ははっきりしない頼子の話し方に苛立ちを隠せなかった。

「そのことで会って話したいの。いろいろあって電話では詳しく話せない」

頼子は早口な初美と違い、以前から話すスピードがゆっくりで、なかなか本題に入らないので、初美は頼子と話すと少しイラッとする。

結局、後日お互いの家の中間あたりにある喫茶店で会うことを約束した。

約束の日の午後、初美は自分のコンパクトカーで待ち合わせの喫茶店へ向かった。道路の脇にはまだ少し雪山が残っている。三月に入ると雪解けが進み、道路には雪解水(ゆきげみず)で水たまりができていて、走るたびに初美の車に泥水が撥ねて汚れる。

初美の方が先に喫茶店に着いた。

喫茶店の窓から車の排気ガスで黒く汚れた道路脇の雪山を眺めていた。

十五分ほどして頼子が、余り得意ではない車の運転を自らしてやって来た。

車から降りた頼子は彼女らしい可愛らしい帽子を被っている。

「遅くなってごめんね。慣れない道だし手がまだ痛いの」

頼子は数年前に事故に遭い、その後遺症で時折手が痛むらしい。

「大丈夫。私も少し前に来たところだから。手がまだ痛むのね。それにしても、どういうことなの？」

初美は事の成り行きが気になり急くように問い質した。

「お姉さん。少し待って！　相変わらずせっかちね。心を落ち着かせてから話すから。それにしてもお洒落なお店ね」

相変わらず本題にはなかなか入らず、まずウエートレスが持ってきたコップの水を飲み、コーヒーを注文した。ウエートレスが離れると徐に話し出した。

「お母さんは、亡くなる一週間前に体調を崩して入院したんだけど、良くならないでそのままだった。お姉ちゃんに連絡しなかったのは房枝ちゃんが、葬儀が全部終わって一週間したら報せてやるんだって言っていて、房枝ちゃん怖いから何も言えなかった」

会話に慣れてきたのかいつの間にか以前のおねちゃんに呼び方が変わっていた。『房枝が恐いってあんたは一体幾つなの。還暦に近くなって何なの』初美は心で呟いた。

　頼子の話では房枝は初美のことを小さい頃から嫌いだった様だ。皆にヘラヘラして八方美人で、長女のくせに威厳も何もなく頼りにならないといつも話していたらしい。

　房枝が札幌を訪れた時は、頼子のマンションが広かったので、初美も頼子の家に行き一晩一緒に過ごしたことが何度かあった。その時は決まって房枝に何故来るのか訊かれたものだった。

　初美は離れて住んでいる妹が来て、久し振りに三人で過ごすのを楽しみにしていたのだが、そんな風に思っていたのかと寂しさを感じた。

　またある時は、房枝から札幌に行くので初美の家に行くと連絡が来ると、初美は房枝の好物を探し遠くの店まで買いに行き、食事を用意して房枝が来るのを楽しみに待っていたものだ。しかし、結局連絡もなく来ることもなかった。

　頼子も「房枝ちゃんのお姉ちゃんに対する態度が気にはなっていたんだけど、私には良くしてくれているしね。言えなかった。房枝ちゃんは私のことを妹だから守らなきゃと思っていたみたい。あの頃までは」と奥歯に物が挟まったような言い方をした。

　房枝は嫌いな剛や祖母の志保、それに叔母の克子とも初美が親しく接しているのを見て不愉快に思っていたのだった。

　房枝が高校生の頃だったか、「お姉ちゃんて苛めてやりたくなるキャラだよね。悩み事って本来自分で解決するものでしょ。何でも人に相談して自分で解決できないの？　お母さんからいつも依頼心が強いって言われてるっしょ。子供っぽいよね。それに誰にでも愛想よくて柳みたいな人だよね。風に吹かれて頼りなげに見えるけど案外強かなんじゃない」と言われたことを突然思い出した。

大人しいが言うことがキツイ房枝からの言葉をいつものことと気に留めていなかったが、房枝の思いの根の深さに改めて驚き、悪寒が走った。

初美は房枝を自分とは違い、物静かで冷静で成績も三姉妹の中で一番良かったので、内心羨望の目で見ていたのだが……

頼子の話は続いた。母が亡くなる三年ほど前から頼子と房枝の関係も修復できないくらい悪化していたという。

自分だけが母の面倒を見てるのに、めったに誰も来ないことを不満に思っていたのだった。

あれほど頼子をかばっていたのに、最後は頼子の子供たちの悪口まで言うようになった。房枝は自分が公務員試験を受かったのに、赴任がN市以外だったので母に反対されて行けなかったこと。頼子だけ短大へ行かせたこと。自分が結婚した時にはテーブル一つ買ってくれなかったのに、頼子が結婚した時には電話を付けてやったり、いろいろしてあげたこと等々不満があったことは初美も知っていた。

「房枝ちゃんがお母さんの面倒を見てるって言ったって、商店を営んでいるんだし、お姉ちゃんがお義兄さんの介護をしているような大変なことではないの。施設から言われた時にしかお母さんの所へは行かないし、それにお母さんの貯めていたお金を全部房枝ちゃんの物にしたのよ」

　頼子は今までの鬱憤を晴らすかのように、ゆっくりだが止まることを忘れて話し続けた。

「だって、私に喧嘩を吹っ掛けたのは房枝ちゃんでしょ。それに母さんは結構お金貯めていたよ。ある程度貯めないと子供たちに面倒見て貰えないって話してたもの。あのお金を全部？」

　初美も今更何をと納得がいかなかった。

　母は父と離婚してから叔父がオーナーの食堂の権利を無償で譲り受けた。

　食堂の場所が役所や大学の近くという客層に恵まれたお陰と元来の働き者ということで、一人で暮らすには十分なくらいの儲けを出していた。

　以前、お正月に母の家に三姉妹家族が揃った時に頼子の夫が、呑んだ勢いで母に訊いたことがあった。

「お義母さん、金のない年寄りは面倒見ないぞ。貯めておけよ」

　呑んで冗談のつもりで言ったのだろうけれど遠慮のない頼子の夫の言葉に初美は苦笑いをした。

「幾ら貯めたら良いの」

「まあ五百万くらいだな」

「あらっそんなもんで良いの。全然大丈夫よ」

母も臆することなく答えていた。

その時はカウンターだけの小さな食堂だけど頑張ってるんだな、ぐらいで然程気に留めていなかった。母が亡くなる三十年も前のことだ。それから二十年以上も店を続けていた。

以前、初美は金融関係の会社に勤めていたので、母の貯めているお金を預ける先の相談を受けていた。それで大体の貯金額は知っていた。『あれを全部、房枝が自分のものにしたんだ。施設の費用を差し引いても……僅かながら年金も有るし』頼子は母の貯蓄額を知らない筈なので、初美は敢えて言わなかった。それも、初美の憶測でしかないのだから。

その後も頼子の口からは房枝がどれほど非情で、まるでサイコパスの様だと悪口が次々出てきた。

母の遺体を房枝の住む町の公民館の様な寒々とした所に、誰も見守ることもせず置いたままにしていた。その町は札幌より十度ほども気温が低い。二月は特に寒い。零下三十度近くにもなる。

頼子夫婦が札幌から到着するのを待って葬儀が行われた。

まず、頼子が驚いたのは、賑やかなことが好きだった母の葬儀だというのに、僧侶もおらず位牌もなく、行き来していた親戚たちは疎か、友人も誰一人弔う人が見当たらない。

房枝が報せたのは頼子だけだった。

母は本間家（母の実家）が檀家をしているお寺の納骨堂を買うことに決めていた筈だったし、そこの住職に頼んで葬儀をして貰おうと話していた。

子供が三人とも娘で皆嫁いでいるので墓守は無理と思い、小さい納骨堂なら安価で買い易い。

納骨堂で他の参拝者が供えた線香の煙が棚引いて自分のところに漂ってくればそれで良い。ただ、亡くなった時に傍にいる娘が施主で喪主は必ず初美の夫の一郎に頼むと話していた。母なりに自分の最期を考えていたのだろう。

頼子は火葬場で遺骨の中に生前、母の膝の手術で使用した人工関節の金具を見つけた。

「あの金具貰ってもいい？」

房枝に訊いた。

「あんなものどうするの？」

房枝は訝った。

「あれはお母さんの体の一部だから」

「ふうん。それなら外に出して置けばこの寒さだもの直ぐ冷えるんじゃない？」

「えっ？　外？」

房枝の突き放したような言い方に頼子は何とも虚しさを覚えた。

頼子は不審に思ったことを火葬場からの帰り、送迎バスの中で房枝に尋ねた。

「誰にも知らせなかったの？」

「施設に入ってから誰もお母さんの所へ行かなかったでしょ。剛叔父さんは亡くなってるし、克子叔母さんはお母さんと仲が悪かったし、何で報せなきゃならないの」

「お母さん、実家のお寺の納骨堂買ったって言ってなかった？」

「そんなこと、言ってた？　知らない」

「じゃあどこのお墓に納骨するの？」

「うちの舅のお墓に入れるわ」

「だって房枝ちゃん、小森家は神道で、房枝ちゃん夫婦は信仰してないから入らないって言ってたよね？　お母さんを関係ない人のお墓に入れるの？」

「頼子ちゃんいつからそんな信心深くなったの？　お母さんは何教？　何派？」

頼子は二の句が継げなかった。

そんなこともあり、母を不憫に思う頼子がお骨を引き取り、頼子夫婦が自分たちが入るために買っていた納骨堂に納めたいと申し出たが房枝に断られた。

その後も房枝と頼子の確執は悪化の一途をたどり、房枝から母の遺骨を引き取る、渡さないとかなり揉めた。

結局、頼子が何度も泣いて頼んで引き取ることに決まった。

房枝が遺骨引き渡しを渋ったのは、商店を生業にしている房枝夫婦にすれば、母が亡くなったことを嫁ぎ先の小森の両親にも話さなければならないし、新聞のお悔み欄で知るであろう母の知り合いや、親戚からの弔問で房枝の家を訪れた時に、位牌は初めからないが、お骨もないとなると世間体が悪いということと、その時に皆が持参の香典を貰いたいとの思いからだった。

房枝は自分が傍にいて面倒を見たのだからそれくらい当然だと思っていた。

結局、香典が一通り房枝の元に集まった後、遺骨は頼子夫婦が引き取りに房枝の住む町に行った。

だが、五時間も掛けてお骨を引き取りに行った頼子夫婦を家にも上げず、挨拶もまともにできないまま骨箱を渡された。

差し出された骨箱には布一枚掛かっておらず、しかも、その上に頼子が房枝に渡した香典がそのまま載せられて返された。

疲れ切ってまた五時間掛けて札幌の自宅に戻った時、さっき別れたはずの房枝から、嫌味たっぷりの言葉で埋め尽くされた手紙が届いていた。

房枝は頼子が帰宅する時に合わせて事前に送ったのだった。往復十時間、とんぼ返りで帰宅した頼子の疲労はこの手紙でピークに達した。

初美は全く知らなかった。房枝と頼子は仲良く協力して母を看ているものとばかり思っていた。

母は娘の中で一番気難しい房枝に気を使い、相談事は房枝に内緒で叔父の剛にしていた。施設を決める時も探して欲しいと頼んでいた。

「施設の種類によって利用料金が違うので、幾ら位の予算を考えてる？」剛が尋ねると、

「私のお金は全て房枝が管理しているので房枝に聞いて欲しいの」

と母から言われ、その旨房枝に相談すると、

「叔父さんには関係ないから、自分たちには一切関わらないで下さい」と言われた。

そんなことを一つ一つ剛から初美に連絡が入る。

「姉さんが房枝に洗脳されている様だ。全部房枝の良い様に運ばれている。自分に連絡する時も房枝に隠れてしてきているから、これから姉さんに会うのは難しくなると思う」

「叔父ちゃんごめんね迷惑かけて。何だかんだ言ったたって、母さんは叔父ちゃんが頼りなんだわ」

「それと、この前姉さんが入院してた時な、姉さんから相談あるから来てくれって言うから、行って施設の話などして、帰る時に今度来る時に何か作って持ってきてやろうと思って、病室の冷蔵庫の中を見たら、食べ物が何もなくてペットボトルの水が一本だけだったぞ。房枝は偉そうなこと言って何やってるのよ？」

料理が得意な剛は、今までもいろいろな手料理を作り母に届けていた。

初美は剛が嫌いではなかったが、以前から母がいろいろ世話になっているので、これ以上叔父に借りは作りたくなかった。

そんな叔父から聞いていたことを頼子に話すと、もともと下品な物言いの剛を嫌いだった頼子も、母が叔父に相談するのは嫌だった様だ。

「私たちは離れて住んでるし、何か有ってもすぐに行けないんだから、叔父ちゃんを頼るのは仕方ないと思うよ。札幌にいる仲の悪い克子叔母ちゃんより、傍にいるのは叔父ちゃんだもの。美味しいもの作って母さんに届けてるのを母さん喜んでたよ。若い頃はいろいろ有ったけど、もう二人とも年取ったんだから理解してあげたら？」

頼子は運ばれてきたコーヒーに少し口を付けただけで、冷めるのも気にせず、初美の剛の話にも関心を向けず、あくまでゆっくり房枝に対する雑言が続いた。

「実はね房枝ちゃんね、お母さんの通院していた病院でも施設でも、姉は頭がおかしいから相手にしないで欲しい。何か姉から連絡が来たらすぐ知らせてください。って言ってたの。お姉ちゃんの頭がおかしいってことになってるのよ」

そんなことを言っていたんだ。だから、病院でも対応に違和感があったし、施設へ電話しても母に取り次いでくれなくて、母からの電話を待つだけだった理由が分かった。

「母さん、携帯持ってないしこちらから連絡し辛かったんだよね」

「房枝ちゃん、お母さんの面倒を看た看たって言うけど、商売してるし隣町で離れているから頻繁には行ってないの。世間で言う介護なんかしてないの」

初美は頼子の初美に擦り寄る様な態度での話を聞いていた。

「私が送った祐輔の子供たちの写真とか手紙とかどうしたか知ってる？　居室には母さんと頼子ちゃんと房枝ちゃんの三人で写ってる写真しか飾ってないのよ」

「分からないけど房枝ちゃんのことだもの捨てたんじゃない？」

「えぇっ！　そうなの？」初美は耳を疑った。

どうりで母の居室にその写真はない筈だ。初美は生前の母のことを思い出していた。

初美は時折、施設や病院の電話を使って掛けてくる母と話したり、初美の方も会いに行ってはいたが、次第に母の初美に対する態度が荒々しくなって行ったのを、少し認知症が進んだのか位にしか考えてなかった。

　母の施設に行った時、お土産に母のために買った衣類やお菓子などを「こんなもの」と包み紙を破いたり、放り投げられた時もあった。また、初美の携帯から房枝に掛けて欲しいと言うので、ダイヤルボタンを押して母に渡すと、

「房枝ちゃん、今初美が来てるから代わるから」突然携帯電話を戻された。

「いつも房枝ちゃん夫婦に世話になってるんだからお礼をきちんと言って」

　初美は突然のことで一瞬たじろいだが、電話に出て「房枝ちゃん、ご主人いる？」

「なんで？　何の用？」

　房枝は怪訝な声をしていた。

「母さんがいつもお世話になっているので、お礼を言おうと思って房枝ちゃんも有難うね」

　初美は脇から汗がジトッと流れるのを感じた。

「今主人は不在ですが、主人には関係ないので。はい、分かりました。では」

　相変わらずの慇懃な、取り付く島のない返事で電話は切れた。

「母さん、私が結婚してから今まで、一郎さんが、妹たちの旦那さんがしないこと、母さんを彼方此方に連れて行ったり、いろいろ尽くしてくれていたことに、一度だってお礼言われたことなんかないのよ。それにお母さんに尽くすのなんか、あんたたちが好きでやっ

てるんでしょって言われたんだから。何で私だけお礼を言わなきゃならないのよ」

初美は我慢も限界と思い、強い言葉を吐き出してしまった。

母は初美が房枝にお礼を言ったことに満足したのか何も答えなかった。

そんなことも、認知症のせいかと思ったが、頼子の話を聞いて大体の経緯は理解できた。

施設に行く時に事前に施設に連絡をしなくて良かった。連絡していたら会わせて貰えなかったかも知れない。初美の頭がおかしいなどと、どういうつもりで吹聴したのか。そこまで自分を嫌う房枝の気持ちが理解できなかった。房枝の夫はどう思っていたのだろう？

初美は頼子に疎遠になる原因も含め疑問に思っていたことを確かめた。

「どうして、今じゃなくこんな大事になる前に私に連絡してこなかったの？　同じ札幌に住んでいるのに。姉妹だもの話し合えば何とでもなったでしょう。まして房枝ちゃんと頼子ちゃんは上手くいっていると思ってたのに。

そんなことになっていたなんて。もっと前に話してくれていたら、二人で何とかして母さんにこんな惨めな亡くなり方させなかったでしょ。私たち姉妹がこんな風になったのは、あんたたち二人が悪いって分かってないんじゃないの？　数年前に三人で頼子ちゃんの家で話して、母さんが余りに我が儘で、近所や親戚のトラブルメーカーだから何とかしようってことになって、私が長女だから言うわって言ったら房枝ちゃんが、お姉さんの言うことは余り効き目がないから少し強く言わなきゃ駄目だよ。って言うから、突き放す感じで手紙書くわ。でも、ちゃんとフォローして母さんを説得してよね。『当たり前よ。ちゃんと庇うから』って言われて約束したのに、母さん、その手紙読んでショック受けて、傍にいる房枝ちゃんも頼子ちゃんも、私一人悪者にして何も庇ってくれなかったんじゃないの。変に誤解されてこんなことになって、分かっているの？　まんまとあんたちに乗せられた私が馬鹿だったんだけど、そんなに母さんのことを気に掛けていたのだったら、母さんに札幌に来るように言えば良かったじゃないの。こっちに来れば二人で介護もできたし。私と頼子ちゃんだってもっと早くに行き来できたでしょ。手紙の事で最初こそ私にすごい口調で文句言っていたけれど、そこは親子だもの時間が掛かったけれど、次第に元の様になっていったわ。母さん、いつも私に温泉へ皆で一緒に行こう。お寿司を食べに行こうって言っていたのよ」

初美はせめて頼子に詫びて欲しかった。それに、母もこんな死に方をしなくて済んだのにと情けなかった。

いつも寄らば大樹の陰の頼子に対して、あの時の腹立たしさが蘇ってきた。

初美は何度も母に札幌に来る様に言っていたし、お小遣いも金種に分けて母が使いやすい様にして渡そうとした。しかし、物欲の強いあの母が初美から貰ったり、初美と仲良くしたら房枝に棄てられる。と受け取ろうとはしなかった。叔父が言っていた房枝に洗脳されていると言っていた言葉が脳裏を過った。

「母さんが施設に入る前に、通院している病院の医師に体調を訊こうと病院に連絡したら、何か応対が変だったんだよね。それで病院へ行ったら、病院から私が行くとの知らせを受けた房枝ちゃんが待っていて、待合室で他の患者さんたちの前で、突然大声でお母さんの病気はあんたたち夫婦のせいだから。って言われたんだよ。私も一郎さんも呆気に取られたんだから」

「それで、その後お母さんに会うのに実家に行ったんでしょ？　お母さん何か話した？」

「行ったわよ。病院の帰りにお寿司屋さんへ寄って母さんの好きなにぎり寿司を持って。服用している薬のことも気になったしね。そしたら房枝ちゃんが先に行っていてびっくりした」

「多分、自分の知らないところでお母さんとお姉ちゃんが何を喋るのか気になったのね」

「どうでも良いけど、私が持って行ったお寿司をついさっき病院の待合室で私を罵ったことも忘れたように平気な顔で一緒に食べて、旦那さんの分まで持って帰って行ったわ」

「お姉ちゃん、よく平気で食べれるねってとか言わなかったの？」

頼子は自分のことを棚に上げ、自分の房枝に対する嫌悪を初美に同調して欲しいようだった。

「母さんの前で言えないでしょう。房枝ちゃんはきっと相変わらず姉は言いたいことも言わない優柔不断な人と思ったんじゃない？」

頼子は初美の言葉に同調して貰おうとした思惑が外れたのか、少し口を尖らせて冷めたコーヒーカップに手を伸ばした。

「そう言えば、房枝ちゃん何か気に入らないと死ねばいいんだ。って口癖だったよね。叔父さんや叔母さんだけでなく、好きなはずの旦那さんに対してもね」

　頼子は房枝のマイナスな性格を会話に盛り込んできた。

「そうね。房枝ちゃんにしたら顔を見たくないっていう言葉の代名詞なんじゃないの？　前に母さんが癌で入院した時に私と房枝ちゃんが交代で看病していた時があったでしょ。あの時も、もうそろそろ逝っちゃっても良いよねって言っていた。私びっくりしたんだから。なかなか自分の親の死を願うって明白に言葉にする人もいないけどね」

　初美は既に札幌に転勤の内示があって引っ越しの準備で慌ただしくしている時に、母が大腸がんに罹り手術をすると聞かされた。個人病院だったので、入院の看病を泊まり込みでしなければならず、房枝と交代でしていたが、そんな時に房枝の口から出た言葉にギョッとしたことがあった。

「えっ？　それでお姉ちゃん何て答えたの？」

「何にも言わなかった。言えないでしょう。それに、あの病院の看護師が母さんを泥棒扱いしたり、注射で両手の甲がパンパンに腫れたのに湿布もしてくれてなかったり、対応が余りにも酷いから看護師に少し苦情言ったの。そうしたら、これから転勤する人が余計なことを言わないでって、札幌とは訳が違うの。こっちは弱い立場だからって言われちゃった。だけどね。今こうやって頼子ちゃんと話しているけど、ここ数年疎遠になっていたのも、房枝ちゃんと頼子ちゃんが梯子を外したからなんだよ。分かってる？」

　姉妹不仲の原因となった初美が書いた手紙の内容を頼子に電話で読んで聞かせており、

了承されていた。だから当然分かっているものと思っていた。

しかし、そのことには答えず頼子の口から出た言葉は驚くようなことだった。

「おねえちゃん、以前お母さんのことでお義兄さんが実家に行ったでしょ。あれを聞いて私も不信感を持ってしまった。なぜお義兄はお母さんに会いに行ったの？」

「あれは、私が悩んでいたから、このままではいけないと私を慮(おもんぱか)って、母さんの所へ行ってくれたのよ。妹たちや母親との仲が悪くなるのを見てられなかったんじゃないの」

初美はその時の時系列を頭で追っていた。

一郎は母と妹たちから疎外されて悩んでいる初美を見て何とかしようと思ったのだった。

「お義母さんとこのままじゃ辛いだろう。俺だって長い間営業で、癖のある社長とかを相手にしてクレーム処理もしてきたんだから、まあ任せてくれ」

そう言って一郎は出張に合わせて母の所に行った。

だが、それは逆効果だった。結果を期待していた初美に、出張から帰宅した一郎は「ごめん、上手くいかなかった」と言葉少なに詫びた。

「そう。やっぱりね。いいの。母さん、ああいう人だから、却って嫌な思いさせちゃってごめんね」

初美も仕方がないと諦めるしかなかった。

結局一郎の好意は無駄になってしまった。

その時はその後この諍いが形を変え長く続くとは思っていなかった。

後日、この日の詳細を剛から聞くことになる。一郎が剛と一緒に酒を呑んだ時に、初美が母や妹たちと上手くいってないことを話していた。

一郎は初美と剛からも聞かされていた曜子の我儘な態度と掛けられていた迷惑を、穏やかに曜子に話し出した「お義母さんも初美とこのままじゃだめだと分かってるんじゃないですか？　初美ばかりじゃなく皆も困っているので、少し態度を改めた方が良いんじゃないかな」と話した。すると突然曜子は激昂して、テーブルをバンバン激しく叩き抵抗した。

「なんで私が悪くなるの？　初美があんな手紙書くから房枝も頼子も怒ってるんでしょ。それに一郎さんやっぱり夫婦ね。初美の味方するのね」

そういう様な感じだったらしい。と剛は初美に経緯を話しながら、「それとな。姉さんは初美、お前にやきもちを焼いてるんだな。本当だったら婿に娘が可愛がって貰ってると、喜ぶのが母親だけどな。それができないのが姉さんなんだ。娘の幸せを考えないのかな？それより自分が非難されたことが悔しいんだな。自分が旦那に愛想つかされたから余計にな。うちのばあさんとは親子でも似てないな。お前はばあさんに育てられたんだからあんな風にはなるなよ」

叔父の話を聞きながら初美は何とも割り切れない不思議な感覚になったのを覚えている。

初美はボーッとそんなことを思い出していたが、頼子は一郎が母と初美との仲を取り持とうとして、曜子に会いに行ったことを非難した。妻の妹たちと母のことに関係ない一郎がしゃしゃり出るのが納得できなかったようだ。

初美は初美で一郎の行為がなぜに頼子の自分への不信感になるのか理解できないでいた。少し沈黙の時が流れた。

初美と頼子は二杯目のコーヒーとチーズケーキをウエートレスに注文した。

二杯目のコーヒーを飲みながら、会わなかった数年のお互いの家族のことなどを話し、漸く頼子の気持ちが少し落ち着いたのか、

「お姉ちゃんには一周忌に来て欲しいの。来年日程が決まったら連絡するから」と告げられた。

初美は分かったと答え、母への香典を渡してその日は別れた。別れ際に頼子は自分の軽自動車を指さして、軽自動車はナンバープレートが黄色だけど、特別仕様車は白色なの。と自慢気だった。初美は改めて頼子と価値観が違うと再認識した。初美にとっては白だろうと黄色だろうとどうでも良かった。軽は軽だし。

初美は、取り敢えず母のお骨の落ち着き場所が決まり、頼子とも話ができて長い間、喉に引っ掛かっていた小骨が取れた感じがして、来る時とは違い帰りは雪解けで道は良くなかったが気持ちが少し軽くなっていた。

その後、頼子とは以前の様に電話や時々ランチへも行くようになった。

後日、頼子からどうしても房枝の所に集まった香典を取り返したいから、一緒に弁護士の所に行かないかと申し出があったが初美は断った。

それは、実際傍にいて母を看ていたのは房枝だったことと、それを望んだのも母だった。

母の残したお金が全部房枝の所に有るのは少々悔しい気持ちも有ったが、行動を起こして大事になるのを避けたかった。結局、頼子も自分の娘から止められ諦めた。

その後、母の自宅も母が存命の時に房枝が自分の名義に書き換えていたことが判明したと頼子から連絡が有った。

初美は内心、母の自宅をどうするかでいずれは房枝から連絡があるか、相続するための書類が送られてくるだろうから、その時に房枝と話せるかなとも考えていた。が、既に房枝が母の存命のうちに名義変更をしていたと分かり、これが房枝なのかと改めて自分の甘さを知ることとなった。

そう言えば、母が祖母の志保が亡くなる前に寝たきりの志保に、志保の持っている貴金属や着物などを皆、自分の物にするように耳打ちしていた。亡くなるまで頭がしっかりしていた志保が、そのことを剛に話したので、母の思い通りにはならず、叔母の克子と分けることになった。『房枝ちゃん、母さんと同じだね。母さんの物なのにお金も家もそんなに自分の物にしたかったの』

母が入るはずの頼子夫婦が購入した納骨堂は、指紋認証が必要だった。初美は納骨堂にお参りに行きたいので指紋認証させて欲しいと頼んだが、行く時は連絡すればいつでも頼子が一緒に行くから初美の指紋認証は承諾できないという。

初美は一人で母に話したいこともあるし、子供たちもお参りしたいだろうと思い、何度か頼んだがやはり断られた。

次の年の正月、関西から帰省した娘の美緒と頼子の家に行き納骨前の母の遺骨に参った。美緒は察したのか、数年振りの叔母家族と普通に会話していた。

二月の一周忌には息子の祐輔を伴って参列した。頼子家族と初美たち親子だけだったが頼子夫婦のお陰で無事に納骨を済ますことができ、母も安心して眠ることができるだろうと安堵した。

頼子夫婦に納骨と一周忌の礼を言った後、もう一度指紋認証を頼んだが、答えは同じだった。

そんなに拝みたかったら自分の家の棚にお母さんの写真と線香でも置いて拝めば？と頼子に言われ、頼子夫婦が自分たち家族のために買った納骨堂だから仕方ないと納得し諦めた。

《母さん、私が看ていたらこんな納骨堂でなく、親戚や友人たちがいつでも自由にお喋りに来られる所を探したのに、それに私も母さんが生きていた時は言えなかった愚痴や文句を言えたのに……でも、母さんが自分で選んだんだからね》初美は心の中で呟いた。

別れ際に頼子から「先日頂いた鮭の飯寿司、柔らかいから腐ってると思い捨てたから」初美は耳を疑った。飯寿司は馴れ鮨の一種で米麹を発酵させて、新鮮な魚をいろいろな野菜などと一緒に低温で漬け込むものだ。

北海道では年末にはどこの家でも作る年中行事になっていた。初美の母はホッケを使ったが、寄生虫の心配があるので笹の葉を、漬物樽の内側とミルフィーユの様に段々にした飯寿司の間に入れて毒消しにしていた。

　毎年、母の作ったホッケの飯寿司を家族での正月の楽しみの一つだった。母が亡くなった今、初美が作ったのは寄生虫の心配がない鮭の荒巻と紅鮭を使った飯寿司だった。頼子がきっと懐かしんでくれると思い渡した物だった。

　友人や近所でも喜んで毎年出来上がりを楽しみにしてくれていた。

「腐っている物をあげたりするわけないでしょ！」

「だってデパートのより柔らかいんだもの」

　初美は信じられなかった。デパートで売っているものは、しっかりし過ぎるほど水分を切った鮭と麹ばかりなので鮭はかなり硬い。ただ、初美が作ったのはキャベツ・大根・人参・胡瓜など野菜がたっぷり入り、柚子とレモンを入れて人によって鮭よりも一緒に漬け込んだ野菜を好む人さえいる。ただ、水切りは樽を逆さまにしても販売店のそれより少し柔らかくなる。

　折角、頼子とはこれからの老後も、普通の姉妹になれるかもと淡い期待をしていたが、結局はこんな姉妹になってしまい虚しさが胸に広がった。長女の自分が不甲斐ない証拠なのか。

　以前、頼子の夫が本州に単身赴任していた時に、頼子が事故に遭い半年入院をしていたことがあった。病院から連絡を受けた初美は、出先からすぐに救急搬送された頼子の病院へ駆けつけ、その後毎週仕事を早く切り上げ頼子の病院へ通ったこと、その際、時々頼子の子どもたちを呼び一緒に食事をしたりしたことがあった。退院後「お姉ちゃんの無償の愛には感謝してもしきれない」と言っていたその同じ人間の態度か……？

『疲れた……もう、この一周忌ですべて終わりにしよう。母のことは時々思い出すことで供養としよう』

納骨堂を出て二月の空気を吸うと鼻腔を通り鼻の奥を冷気が突き刺した。その冷気が肺にまで入り虚しさを増幅させた。

数日後、初美は自室の棚に父と母と志保の写真の横に用意した線香を立て、お鈴を鳴らした。母と祖母が好きだった白和えと父の好物のゴボウの味噌汁も供えた。

しばらくその写真を眺めていたが、そこには三人の写真だけで、魂も何もないことに改めて気が付いた。ただただ空しいだけだった。

自分は何をやっているのか……滑稽だ。

初美は母が亡くなった後は、自分の家が妹たちにとっての実家になるのだと勝手に考え、仲睦まじく姉妹家族が笑いあっているところをずっと想像していた。何があってもいずれ皆が歳を重ねてお互いを許し合える時がきっと来るだろうと……自分が何とおめでたいのかと可笑しくなった。ドラマの様なハッピーエンドなど有りえない絵空事だった。ただ、いつのまにか母のことであんなに体が冷えて眠れなくなるようなことはなくなっていった。

母

母親の曜子の生家はN市から五十キロほどのS町にあった。曜子の祖父母は、愛媛県からの北海道開拓団の入植家族だった。父親の本間新市は結構大きく農業を営み、開拓農協（開協）の作物調査官を兼ねていた。妻の志保と新市の弟たちにも手伝わせ、その町では裕福な家だった。

だが、新市は曜子がまだ娘の頃、四十代半ばで胃がんのため亡くなった。

曜子には年子の弟剛、十歳離れた妹克子がいる。三人ともに個性が強い。三人とも他人がどう思おうと自分の主張をはっきり言うタイプだった。

剛と克子との間に紘がいたが、肺気胸を別の病気と誤診され、しなくても良い手術をした後入院中に急変し、他の病院に搬送されたが亡くなった。肺気胸と分かった時点では既に手遅れだった。

その時、紘は弱冠二十歳だった。他の姉兄妹とは違い心優しい、大人しく全く主張をしない、いやできない人だった。また男性でもとても綺麗な顔立ちをしていた。

志保が初美に紘のことを優しすぎて神様が早く連れて行ってしまった。夫が死んだ時より辛かった。と後に話してくれた。

初美は幼心にもその優しい叔父を覚えていた。色白のいつも穏やかな笑みを湛えている人だった。竹ひごと薄紙とゴムで飛行機を手作りしていた姿を思い出す。

剛は口下手で上手が言えないが、気の強い姉と妹の間で早逝した父親の代わりに家長として母親と同居し本家としての責務を担っていた。

だが、父親が亡くなってから生来の遊び人気質が次第に顔を出し、やくざな人たちとも付き合いだし、物言いもそんな風になっていったので、曜子と克子はそんな剛を見下していた。しかし、一人で事業を興し自分たちより裕福なことを妬んでもいた。

新市が亡くなった後、曜子は援農で来ていた大学生の越智と恋仲になり、二人は結婚の約束をした。

越智が大学を卒業後、本州の越智の地元で就職して暫く経った頃に曜子を迎えに来た。母の志保は夫が既に他界していたし、曜子は国民学校高等科（現在の中学校）しか出ていなかったので、釣り合わぬは不縁の元と強く反対した。

越智の弟妹も大学生と女学校生であった。しかも、彼の生家は北海道から遠いA県だった。志保は娘が遠い土地で見知らぬ人に囲まれ、父親を亡くし無学と蔑まれては辛いだろうと思ったのだ。

新市が健在だった頃、家の経済は曜子を隣町のN市の女学校へ行かせてやれたし、新市も成績が良かった曜子に進学を勧めていたが、当の本人の曜子が幼なじみの友人たちの中で進学するものがいなかったので進学を拒んだ。当時の小さな田舎町では、高等科を卒業

料金受取人払郵便

新宿局承認

2523

差出有効期間
2025年3月
31日まで
(切手不要)

郵便はがき

1 6 0-8 7 9 1

1 4 1

東京都新宿区新宿1－10－1

(株)文芸社

愛読者カード係 行

ふりがな お名前		明治 大正 昭和 平成 年生 歳
ふりがな ご住所	□□□-□□□□	性別 男・女
お電話 番 号	(書籍ご注文の際に必要です)	ご職業
E-mail		

ご購読雑誌(複数可)	ご購読新聞 新聞

最近読んでおもしろかった本や今後、とりあげてほしいテーマをお教えください。

ご自分の研究成果や経験、お考え等を出版してみたいというお気持ちはありますか。

ある　　ない　　内容・テーマ(　　　　　　　　　　)

現在完成した作品をお持ちですか。

ある　　ない　　ジャンル・原稿量(　　　　　　　　　　)

書　名				
お買上 書　店	都道 府県　　　　市区 郡	書店名		書店
		ご購入日	年　　月　　日	

本書をどこでお知りになりましたか?
1.書店店頭　2.知人にすすめられて　3.インターネット(サイト名　　　　　　　　　　)
4.DMハガキ　5.広告、記事を見て(新聞、雑誌名　　　　　　　　　　)

上の質問に関連して、ご購入の決め手となったのは?
1.タイトル　2.著者　3.内容　4.カバーデザイン　5.帯
その他ご自由にお書きください。
(　　　　　　　　　　　　　　　　　　　　)

本書についてのご意見、ご感想をお聞かせください。
①内容について

②カバー、タイトル、帯について

弊社Webサイトからもご意見、ご感想をお寄せいただけます。

ご協力ありがとうございました。
※お寄せいただいたご意見、ご感想は新聞広告等で匿名にて使わせていただくことがあります。
※お客様の個人情報は、小社からの連絡のみに使用します。社外に提供することは一切ありません。

■書籍のご注文は、お近くの書店または、ブックサービス(0120-29-9625)、セブンネットショッピング(http://7net.omni7.jp/)にお申し込み下さい。

すると、進学などせずに家の手伝いや習いものをして嫁に行くのが珍しくなかった。

　曜子は進学する代わりに、友人と洋裁を習いたいと申し出たので、両親は当時にしては高価なシンガーミシンを買い与えた。足踏みミシンだ。この先このミシンは家計を支える大事な物となり、曜子がグループホームに入所する直前まで、半世紀以上にわたり曜子の分身の様に使われた。

　手先が器用だった曜子は、その能力を発揮し背広も縫えるほど上達した。

　結局、越智とは志保を残して本州へ行くことができず、泣く泣く別れることとなった。

　そのことを曜子は度々、親の為に好きな人と添うことができず結局苦労した。と恨み言を志保に言うのだった。

　その後、代用教員をしていた曜子より一つ年下の木村壮一（きむらそういち）と出会うこととなる。その男性こそ初美・房枝・頼子の父親である。

　壮一は曜子の弟紘の担任をしていて、家庭訪問などで曜子と知り合い、お互い思い合う間柄になった。

　壮一の実家は、壮一の祖父が明治の時、北海道開拓移民団としてＹ県から北海道のＳ町へ入植した第一世であった。入植後は馬や山羊などを飼いながら農業・養豚業などで生計を立てていた。

　志保は同じ町出身で真面目な壮一に悪い印象は持たなかった。しかも、剛の旧制中学の同級生でもあった。紘から聞く評判も悪くなかったこともあり、二人の交際を反対しなかった。

以前に曜子の初めての恋を反対したことがその時までも、志保の心に苦い思いとして残っていた。

ある日、剛が農家を辞めてN市で会社を興すと突然言い出した。

志保は剛が亡くなった夫の後を継いで農家を続けてくれるものと頼りにしていたが、長男である剛の突然の申し出に驚き大きな決断を迫られたが、最後は剛に従うことにした。S町の土地を売り、その金でN市に新しく土地を買いアパートを建て、それと並行して剛は製材会社を興した。

アパートの一階は志保家族、奥の生前紘が使っていた部屋と二階を店子の部屋とした。

それからほどなくして、壮一は代用教員を国の現職教育に自分は合わないと感じ、退職してN市にやって来た。

当時、代用教員から教員検定を受けて正規の教員になった者も数多くいた。

代用教員を辞めたが次の職はまだ見つかっていなかったが、曜子との交際は続いていた。

そんなある日、曜子は妊娠した。太平洋戦争後十年足らずの時代、まだ結婚をしていないばかりか壮一は無職。流石に志保も困り果てた。

志保は壮一の生家の木村家と相談して、壮一には早々に職を見つけることを約束させ、曜子のお腹が目立たなくなる前に式を挙げさせようと考えた。

志保はS町を出ていて良かった。と内心思った。小さなS町に住んでいたら、生前、新市が町でも仕事上名前を知られていたので、近所の人からどんな風に陰で言われていたかと想像すると恐ろしかった。

しかし、この結婚には更なる難題が伴っていた。

それは、剛の起業と賭け事が好きな彼の性格とで資金がなくなり、友人で義理の兄になる壮一に頼み込み、壮一の実家に借金をした。

剛は曜子への結納金と借金を相殺して欲しいと木村家に持ちかけた。

木村家は特別曜子を気に入っていた訳ではなかったが、長男の壮一に子供ができたということで承諾せざるを得なかった。

しかも、長男の嫁として迎えても家業の農業も養豚業も継ぐつもりがなく、N市の曜子の実家のアパートに新居を構えるというのだから、手放しで喜んだ訳ではなかった。

家は壮一の弟光男（みつお）が継ぐことになった。

光男はとても穏やかな人柄で文句ひとつ言わずに農家と養豚業を継いだ。

この結納金相殺という、前代未聞の出来事が将来曜子と剛姉弟の関係を歪んだものへと変えていくのである。

志保はこの二人の子供の仕出かしたことを情けないと思ったが、起きてしまったことはどうすることもできなかった。

明治の生まれの人々には当たり前だった、結婚してからは夫の言う通りに土地と家を守り、舅姑に仕えた上に新市の弟妹とも同居で面倒を見なければならなかった。

結婚と言っても第一子の曜子が生まれるまでの三年間は籍には入れて貰えなかった。世間でよく言われた〝三年子無きは去れ〟である。やっと曜子が生まれ、籍に入れても自由気ままという訳にはいかなかった。

そんな状況の中、病に倒れた夫を看てきた志保には曜子と剛の行動を到底理解することはできなかった。

N市には知り合いもなく、こんな恥を誰にも相談できなかった。ただ、この現実を受け入れるしかなかったのだ。

昭和二十八年二人は結婚した。壮一二十二歳曜子二十三歳だった。

ただ一つ良かったことは、二人が結婚して間もなく壮一が市内でもよく知られている病院の事務長として職が決まった事だ。

翌年の一月の半ば、曜子は好きな映画を観ていて急に産気づいた。急いで家に帰り、慌てて産婆を呼び、翌日よく晴れ渡った冬晴れの朝に初美は生まれた。小さく生まれたせいか初産だがとても安産だった。

初美と言う名前は壮一が勤める病院の院長に名付け親になって貰った。

その二年後に房枝が、またその二年後に頼子が生まれた。

壮一の実家も曜子の実家も初孫で初めての姪の初美を誰もが可愛がった。また、初美も人懐こい性格だったので、祖父母や叔父叔母たちによく懐いた。

まだ、結婚前の叔父叔母たちはN市では初美を連れて歩き、S町では馬に乗せたり川で魚釣りをしたり、初美はその人たちと過ごすのが幸せだった。特に志保は初美が生まれてからいつも見守ってくれていた。

まだ幼くて曜子の言うことを理解できない初美に対し、曜子が腹を立て耳を持って引き摺ったり、ビンタをして恐怖で初美が泣くと、すぐ飛んできて慰めてくれる。

志保が諭しても曜子はどこ吹く風で八つ当たりを直そうとはしなかった。

冬の時期は毎晩志保が初美をおぶり、湯たんぽを抱えて寝室へ行き添い寝をした。子守唄を歌い昔話を聞かせて初美を眠らせた。曜子が出掛けている時は、母乳で育てられていたので重湯をお乳代わりに飲ませた。

壮一が病院勤めをして数年経った頃、院長から病院を東京に移転するので一緒に行かないかとの打診を受けたが、壮一はN市を離れる意思がなかったので断り、また無職状態になった。

その後、いくつかの仕事を転々とした後、ある林業関係の会社に職を得た。

壮一は度々、オートバイの後ろに幼い初美を乗せて仕事現場の土場や山に連れて行った。

初美は父がオートバイにまたがり、燃料タンクを左右に振り、音で燃料の量を確かめる姿が好きだった。後ろから父の上着をしっかり摑んで風を受けるとワクワクした。

壮一は動物が好きだったので山で野生のエゾシマリスを捕まえてきたことがあった。エゾシマリスは可愛くてしばらく飼っていたが、家のカーテンをボロボロにしたので山に返した。蝙蝠も捕まえて持ち帰った。初美はネズミが嫌いだったのでよく似た蝙蝠が恐かった。

夜になるとパタパタ・ガサガサと動いている音を聞くと怖くてなかなか眠れなかった。初美の怖がっている姿を見てやはり山へ返した。

やすらぎ

頼子が生まれた時、男の子が欲しかった壮一は、三人目も生まれたのが女の子だったので、がっかりしてなかなか名前を付けなかった。仕方なく曜子は壮一の父親の頼造（らいぞう）の名前から一字を取って頼子と付けた。

頼子は自分の名前の付けられた経緯を知り不満気だった。

だが、顔が父似のせいか姉妹の中で頼子が一番父に可愛がられた。

頼子が生まれて半年後の正月三が日が過ぎた頃、赤ん坊の頼子と言葉が遅くまだ手の掛かる房枝の育児で疲れた曜子は、初美を壮一の実家に預けることにした。当時はS町までバスで約二時間も掛かっていた。

曜子はバスの運転手に行先を告げ、運賃を払い初美を託した。

まだ四歳の初美は不安ながらも、S町の降車する停留所までひとりで二時間バスに揺られた。

途中の景色は余り目に入らなかった。ただ、停留所で停まる度にバスの入り口から車内に入り込む排気ガスの臭いと暖房が混じり気分が悪くなった。

暫くバスに揺られているうち、運転手にここで降りなさい。と言われてバスを降りた所は、小屋のような停留所だった。

そこで、母に言われた通り祖父が迎えに来るのをじっと待った。

外がだんだん暗くなり不安が増してきた頃、シャンシャンシャンと鈴の音が聞こえてきた。祖父の頼造が馬橇で迎えに来た。頼造は初美を見た途端「ようきたな！　待ったか？　すまんすまん」小柄な祖父の優しい顔を見て、初美は安心感で全身が暖かくなり「ううん」と幼いながら祖父に気遣い、それほど待たなかったと言う代わりに首を横に振った。

馬橇を引いてきた〝どさんこ〟と言われるその農耕馬は白い息を煙の様に吐き、口から氷柱が下がっていた。頼造は初美を馬橇に乗せ、軍隊毛布を掛け角巻で覆い家路を急いだ。

頼造の家はS町の奥地で本州からの開拓民たちが集落を作っていた。

集落の住人のほとんどが、日本公害問題の原点と言われる、足尾銅山鉱毒事件と度重なる水害で、生活が困窮した人々が北海道に移住していた。

肥沃な大地と聞かされて一縷の望みをかけてやって来たが、寒さと不毛の大地で開墾には困難が多かった。その開拓民の一軒だった。

飲料水も食器を洗うのも洗濯も全て裏の川を利用していた。

頼造が家の玄関を開けると、祖母のタミが九十度に曲がった腰を伸ばし出迎えてくれた。

「初美ちゃん。よく来たね。疲れたしょ！　寒いから早く中へ入りなさい」いつもながら優しい声だ。

茶の間は常夜灯より少し明るい程度の電灯で薄暗かったが、囲炉裏には煮物が入っている鉄鍋が天井から吊されて湯気が立っていた。

曾祖父の鉄太(てつた)と曾祖母のトヨ。壮一の弟の光男が暖かく迎えてくれた。

「お世話になります」おしゃまに手をついて挨拶をする初美を皆「めんこいなぁ」と言い笑いが起きた。

夕食は自家の畑で採れ、干して保存しておいた野菜や隣の川で釣ったカジカの味噌汁を食べ、生まれた妹のことや家族の様子を訊かれ、子供ながらに一生懸命答えた。

食事の後でタミが風呂に入れてくれた。風呂は台所の奥にある小屋にあった。暗い外廊下を着替えを抱えて渡る。タミはゴム長靴を切ってスリッパ状にした物を履いて風呂のある小屋へ初美を連れて行く。小屋の引き戸を開けると大きな羽釜のような風呂。五右衛門風呂だった。タミは徐に初美の服を脱がせ、壁にある簡単に作った棚に置いた。湯船に浮かんでいる丸い板を踏む様に風呂の底に下げて、裸の初美を抱き上げ湯船に入れた。

「お風呂の縁に触らないようにね。熱くて火傷するからね。お風呂の真ん中にいるんだよ」

初美は恐々言われた通りじっとして風呂の中からタミの顔を見ていた。外から風呂を沸かしている薪の燻った臭いがする。

タミは優しく初美の体を洗う。初美はふっと母の子供たちを洗う時のことを思い出していた。

銭湯で曜子は洗われる子供がじっとしていないと腿や尻を容赦なく叩く。痛くて体を捩(よじ)

るとまた叩く。脱衣場の赤ちゃん用の寝台に寝かせている頼子を気にしながら初美と房枝を手早く洗わなければならなかったので大変だったのだろう。

風呂から上がり、茶の間に戻ったタミは、手早く初美の髪を手拭いで乾かし、温まった体が冷えないうちに湯たんぽを抱え、初美の手を引いて掘り炬燵のある座敷で寝かせる。

布団は掘り炬燵の周りに敷いてあり、タミは初美が眠るまで添い寝をする。初美は眠っている間に炬燵に落ちるのではないかと不安だったが、祖母の暖かい胸に抱かれていつの間にか深い眠りの中に居た。

タミは夜中、十能（じゅうのう）に炭と熾（おき）を載せ掘り炬燵に炭継ぎをした。廊下の窓が風でガタガタ音を立てている。

農家の朝は早い。もっと寝ていて良いと言われても初美は、飼っている山羊の乳搾りが見たくて祖母の後を追う。山羊は馬小屋の入り口に繋がれていた。バケツに搾った山羊の乳は毎朝の食卓に並べられた。温めるとカップに張った膜が牛乳より黄色く味は牛乳より濃い。

その他は飼っているミンクと豚の餌やりや、祖父に買って貰ったブリキの玩具で遊んだり、客間の鉄太が仕留めた熊の毛皮の上で絵本を読む。

熊の体は毛皮だけになっており、そこには生きていた時と同じ凛々しい顔が有ったが不思議と怖くなかった。ただ、ネズミが嫌いな初美はミンクの餌やりは嫌だった。もちろん餌やりはタミがするので、初美はただタミの後ろについて行くだけだったのだが、食べ物が貰えると分かると、ミンクたちは皆ケージのワイヤーの網に手を掛け、一様に立って並ぶ。その姿が気持ち悪くて怖かった。

初美は馬が好きだった。特に馬の目が綺麗と感じ、今でも動物の中で一番美しいと思っている。

時々父にねだって、馬の絵を描いてもらう。壮一は馬の走る姿を描くのが上手だった。

台所と居間の間にある両面ハッチの下に大鍋があり、その中に鉄太が捕まえた鹿・兎・狸・熊などの煮物が入っていた。毛皮のチョッキを着て、背中を丸めた鉄太は大鍋を前にしてそれを美味しそうに頬ばる。その姿を覗く初美の口にもホイッといれて美味いだろう。と笑っている。禿げてツルツルになった頭が光っている。

祖父の家では、秋には箱に網を付け（大きなふるい状）その網に干してカラカラになったトウモロコシを掛け斜めに立てる。これがカケスを獲るための罠になる。その罠に紐を繋げて出窓まで伸ばす。あとは家の中からカケスがトウモロコシを食べに来るのをジッと待つ。カケスがトウモロコシに夢中になっているところを家の中から紐を引っ張り罠を倒してカケスを獲る。獲れたカケスは串に刺し囲炉裏の周りに立てて焼く。鉄太は焼けたカケスの頭をグリッと捻って口に入れる。初美には細い足を食べさせる。初美は嫌がらず美味しそうに食べる。その姿を鉄太は目を細めて見ている。

当時、開拓集落の一軒一軒の距離が離れているので、役場や農協からの連絡事項などを知らせるのに、有線放送電話なる物のスピーカーから知らされていた。

定時になると、知らない女性の声で茶の間の壁にある、ラジオに受話器が付いているような何とも不思議な箱から声がするのを初美は不思議で堪らなかった。

どの家にも電話などない時代、集落にとっては大事な情報伝達ツールだった。

この自由で楽しい生活。それに理由なく叱られることもない。居心地が良くて次第にN市の家のことを忘れ始めていた。癖だった指しゃぶりもいつしかしなくなっていたが、吃音だけは中々治らなかった。

二か月ほど経って、母の曜子が初美を迎えに来た。

初美は母の声が聞こえた瞬間に体が硬くなり、ブリキの船の玩具を持ったままそっとタミの後ろに隠れた。母の顔を見るのが嬉しいのと、母の口からどんな言葉が出てくるのか怖いのとで初美はおずおずとしていた。その初美の様子に曜子の顔はきつくなった。

暫くして帰る時刻になり、浮かない顔で祖父の家を出る初美を祖父の家の者たちは心配そうな顔で「またおいでよ。元気でね」と手を振り送ってくれた。

バスの停留所までは、光男叔父が馬橇で送ってくれた。

帰りのバスの中で、母の口から出る折角迎えに行っているのに嬉しそうな顔をしない初美を責める言葉から始まり、父の実家の悪口が次々出てくるのを、まるで何かの暗号のように聞こえ、何も頭に入ってこない。

ただ自分の家に帰るのに、バスの中の気持ちが悪くなるほどむうっとする暖房と、排気ガスの臭いと怒りの収まらない母の隣で落ち着かないままの初美だった。

毎日毎日、近所の人・初美の友達やその親・木村家のことまで悪口が出ない日がない。
それを聞くと心が沈んでいく『何故母さんはいつも他人の悪口ばかり言うのだろう』

幼さ

初美が小学校に入学する年の三月、志保の家からすぐ近所にある木造平屋の二軒長屋に引っ越した。

剛が結婚し、子供が二人になったのを機にアパートを売却して、少し離れた場所に一軒家を買った為、初美家族も別の場所に越さなければならなかった。

近所には蹄鉄屋・ブリキの薪ストーブの工場・鋸屋・染物店などどこでも見学させてくれた。

初美はそこの人たちの仕事の様子を見るのが好きで度々行って何時間でも飽きずに見ていた。馬の脚に蹄鉄を付ける時に出る煙の臭い、一枚のブリキの板から薪ストーブが出来上がる工程、鋸の目を立てる時の音などずっと静かに見ているのでどこの店主とも仲良しだった。

初美たちが住むことになった長屋は屋根が柾葺きで外壁は板張り、部屋は六畳二間で茶の間と和室。その他に二畳ほどの台所が付いていた。

隣には老夫婦が住んでいた。その老夫婦とトイレを共同で使用するので、二軒の間に有る短い廊下がトイレに続いていた。

廊下からお互いの家のドアがあるので行き来が出来る。トイレは和式で汲み取り式。便器を挟み左右に二軒それぞれの家のちり紙を入れる箱が置いてある。下を見ると夏は沢山の蛆虫が糞便の中を蠢いていた。蠢くたびにキラキラ光る。

冬は溜まった糞便が真ん中だけに高く山の様に積もって凍るので、時々剣先スコップで崩さないとお尻に便が付いてしまう。

隣の老夫婦は優しい人たちだった。注連縄や小物を作って露天などで販売していた。隣家の音はベニヤ一枚で仕切られていたので、少し大きな声を出すとすべて聞こえる。

越して来てすぐに二段ベッドが家に届いた。狭い部屋に二段ベッドは当時人気だった。下段にまだ小さい頼子が、上段には初美と房枝が一緒に寝た。その六畳の同じ部屋に両親も眠る。

ある夜、初美は何か変な感覚のなか目が覚めた。常夜灯のオレンジの光が妙に艶めかしい。聞いたことのない母の声らしいそれは、甘えるような掠れたような声。それに応えるように父と思われる声が囁く。

六歳の初美は何が起きているのか分からないまま、聞いてはいけないものを聞いてしまった感じがして心臓の音が激しくなる。その音が父母に聞こえるのではないかと尚も胸の音が大きくなる。恐る恐る下方を見ると、堪えきれず思わず声を上げて泣いてしまった。

「どうして外国人みたいなことするの？　わーん」

「ああごめんごめん何でもないいんだよ！　映画の真似だ。何でもないから眠りなさい。父さんも眠るよ」

慌てた父が咄嗟に言葉を探して初美を宥めたので、どうにか落ち着き泣きじゃくりながらも眠った。

次の日の朝、父が出勤した後で母に呼ばれた。何事かと思い母の前に行くと母は険しい顔をしていた。

「昨夜、何であんな時に声出して泣くの。信じられない。二度と駄目だからね。分かった？」

初美は何故怒られているのか分からなかった。まだセックスのことなど全く知らない子供だったのだから……

その後、何度か同じ様なことがあったが、唇を噛み声を殺して冴える目を閉じ耳を塞ぎ、時が過ぎるのをジッと待った。

ある日、祖母である志保の家に泊まる様に母から言われた。

祖母の家に行ってみると、初美と同じくらいの齢の女の子がいた。その子は両親が一晩留守にするので預かった祝子（のりこ）だった。初美より一つ年下だった。その祝子と一緒に過ごして欲しいと祖母から言われた。齢が近いせいもあり二人はすぐに打ち解けた。

祝子は日本的な細面の綺麗な顔立ちをしていた。

夜、初美は新しくできた友達と過ごす時間が楽しかった。寝る用意をして一つの布団の中でキャッキャと笑ったりお喋りをしていた。

その時、一心に動いていた初美の口が何かに塞がれた。それは祝子の唇だった。初美は驚いて直ぐに「えっ！」と小さく声を出し体を離した。すると祝子は「シッ！」と言う様に人差し指を自分の唇に当てて、「ふふっ！」と笑い布団に潜った。

その晩初美はとんでもない悪いことをしたと思い、どんな風に母に怒られるのだろうと考えると、母の恐ろしい顔が次々浮かんできてなかなか眠れなかった。母には絶対言えない。しかし、隣の祝子は既に寝息を立てていた。

翌朝、祝子は何事もなかった様に振る舞っている。戸惑いながらも初美は早く祝子の両親が迎えに来ないかと、落ち着かないままひたすら待った。

薄紫色に周りの空気が変わった夕方、祝子の母が迎えに来て二人は帰って行った。初美はその日一日とても長い時間に感じられた。

「あの人お妾さんよ！　祝子ちゃんもお母さんに似て綺麗だけれど、子供のくせに変に大人びてるわね」

見送った二人の姿が遠くなった頃、初美を迎えに来ていた曜子は、吐き捨てるように言った。

初美はお妾さんの意味を知らなかったので、母の怪訝な顔が理解できないでいた。ただ、昨夜の罪の意識は祝子が帰ったことで多少薄らいでいた。

曜子は夫が不在の時、夜中に出掛けることが時々あった。

子供を寝かしつけて友人宅に行ったりダンスホールへ出掛けていた。

だがそんな時、不思議に姉妹の誰かが目を覚ます。長女の初美は、母の姿が見えなくな不安で泣きじゃくる妹たちを見て、初美自身もどうして良いか分からず、パニックになった。パジャマなど持っていなかったので、下着のまま外へ出て泣きながら「母さぁん、母さぁん、どこぉ？」と呼ぶ。妹たちも初美の後に付いて出てきて泣き叫ぶ。

その声に近所の小母さんが驚いて、自宅に呼び慰めてくれた。やっと妹たちも落ち着きを取り戻した頃、子供たちを預かっているとの置き手紙を見た母が迎えに来た。

自宅に戻ってから、あんたは長女なのにしかも、もう小学生なのに、なぜ妹たちを宥めて面倒をみないのかと散々叱られるのであった。

その日から、「かあさん、何処へも行かないでね」と、布団の中から母に声を掛けてから眠るのが房枝のルーティンになった。その日課は房枝が小学校へ入学してからも暫く続いた。房枝も指しゃぶりをしていたが、しゃぶり過ぎて、親指の爪が剝がれ血が出てからやっと止めることができた。今の教育評論家ならきっと愛情不足か、子供なりに感情をコントロールしているとでも言うのだろう。

後にこの時に自分は、母から自立したと房枝が言っていた。

昭和四十三年、剛が会社の事務所兼住宅にする為の新しく家を建てた。それまで住んでいた家から徒歩三分の所だった。その今まで志保や克子や叔父家族が住んでいた古い家を父が買った。いつまでも六畳二間の長屋暮らしではと思ったのだ。

初美が中学三年、房枝は小学六年、頼子は小学四年生の時だった。少し古かったが、二階建ての一軒家だった。下は十畳の茶の間に六畳の和室の他三畳ほどの小部屋。二階は六畳と四畳半がある。姉妹たちは二階のその二間の部屋を、自分たちの部屋ができたととても喜んだ。

六畳を二人、四畳半を一人と交代で使った。

風呂が付いていなかったので、いや、以前は外の小屋に剛が自分で作った五右衛門風呂が付いていた。手先が器用な剛は、大きめの石を石垣の様にセメントで階段状にして下を竈、石垣階段を数段上るとビニールレザーを敷き詰めた洗い場と五右衛門風呂。しかし、越すことになった為潰してしまった。

仕方なく二十分ほど歩いて銭湯に行かなければならない。時々、志保が新しい家に風呂が有るので、沸かした時に呼んでくれる。そこには剛の娘、従妹の奏恵(かなえ)と珠恵(たまえ)姉妹がいて、奏恵は頼子と同じ齢だった。

志保は内孫と外孫のどちらも可愛がっていたが、もともと房枝と頼子は初美とは違い本間家の人たちばかりではなく、誰に対してもあまり懐くことがなかった。

また、気遣いながら本間家の人が入った後で風呂を借りるのを嫌がった。従妹に馬鹿にされている気がしていた。

そもそも、叔父である剛のお古の家に住むこと自体を房枝と頼子は惨めで嫌だった。しかし、銭湯に行けば金が掛かるので毎日は行けない。行けば入浴料の他に小さなボトルのシャンプーとリンスも買わなければならない。それで銭湯には一週間に一度くらいしか行けなかった。

そんな訳で銭湯に行く時は必ず二時間はたっぷり入る。二時間も入れば途中で喉が渇く。そうすると石鹼箱の蓋をコップ代わりにして浴場の水道の水を飲む。石鹼の清潔な匂いがして冷たく美味しい。

夏はさすがに一週間に一度は辛いので、仕方なく剛の家の風呂に行くこととなる。そんな時は初美が本間家の人が使う前に風呂掃除をする。それも房枝は本間家に姉がこき使われていると思い、何も言わずヘラヘラ使われている姉を見るのも嫌だった。

当の初美は老いた祖母の手伝いをしているくらいにしか思っていなかった。

銭湯に行けば現在の様にドライヤーが有る訳ではない。髪を乾かさず帰ってくるので、冬は毛糸の帽子からはみ出た濡れた髪は、凍ってバリバリになる。鼻毛も凍り息を吸うと両方の鼻の穴がくっついてしまう。

初美は高校に入学してからは、洗面器など風呂道具を風呂敷に包み、学生鞄と一緒に持って行き、学校の帰りに銭湯に寄るようにしていた。初美は妹たちの様に叔父たちを嫌ってはいなかった。幼い頃より可愛がって貰っていたし志保と一緒にいるのが心地良いのだ。だが、やはり義叔母に気を使うのは少々面倒だった。

修羅場

父親の壮一は木村家の長男で曾祖母のトヨから溺愛されて育った。兄弟で自分だけ町から出て旧制中学に行き寮暮らし。卒業しても家業は弟に押し付け、勝手に仕事を選び両親に相談なく結婚した。

会社の労働組合の組合長になった頃から人生が狂い始めた。

初美が小学校入学時に担任になった工藤（くどう）と親しくなり、その教職員仲間や初美の同級生の父親たちと麻雀・歓楽街で興じることが多くなっていった。勿論、借金が次第に増えていった。初美の小学校の教師たちが自宅に遊びに来ることも度々あった。

現金支給の給料袋というものがあった時代、給料日に袋の中から抜いて借金を返済するので、家庭に持ってくる給料は当然減っている。

初美は母から言われて、時々給料日に会社から父に手渡される前に給料を受け取りに行かされていた。そのことがいつも嫌だった。

他の家なら、折角の給料日でいつもよりおかずの一品とお銚子一本も増え、和やかな夕食になるのだろうが、給料が先に母に渡ったことを知った父が帰宅してから、父の母を叩き怒鳴る声が近所中に響く様で、初美の心は鉛を飲んだ様に重くなり、どうすれば良いか分からず体は固まったままで、母は黙って蹲るだけだった。

　時々狭い自宅には、労働組合員たちが集まり遅くまで酒を呑み、会社や世の中の不平不満を言い合っていた。

　徹夜麻雀も度々だった。二間しかない家で、六畳の茶の間は麻雀部屋になった。酒ともんもんとする煙草の煙の匂いで吐き気がする。

　酒がもうないと母が言うと、初美は父に酒屋に通い帳を持って買いに行かされた。

　通い帳というのは、掛買いの日にちと商品と金額を記入して後日に払うためのノートの様なもので、当時はほとんどの家で利用していた。給料が出たらその通い帳を持って支払いに行くのだ。

　客が帰った後、母が台所の奥に隠してある酒を父が見つけると、怒り狂った父は卓袱台返しをして母は突き飛ばされ、ただ黙って唇を噛むだけだった。

　こうなると妹たちは泣きじゃくり、初美は長女としてどうにかしなくてはと思っても、どうにもできずただ茫然自失となり、体が動かなくなるだけだった。ただ、こんな父だが、子供に手を上げることは一度もなかった。

　そんな日常でも、母の曜子は実家に愚痴をこぼすことはなかった。自分の選んだ人が駄目な男だと思われたくない意地だった。

　その不満を初美にいろいろな形でぶつけた。

　父の客の悪口を初美に話した。自分の辛い気持ちを初美にも分かって欲しかったのだ。

そんな火の車の家計の中、曜子は兎に角働いた。

昼は出面と言われる日雇いで農家の手伝いをして日当を貰う。夜は近くの洋品店から仕事を請け洋服の直し、農閑期の冬は市役所でアルバイトをした。

何も知らない志保と克子は、曜子ががむしゃらに働くのでかなりお金を貯めていると思っていた。曜子が元来丈夫な体だったのと、生活に追われて体を労る余裕すらなかったのだ。

それをいいことに壮一は改悛することはなかったし外泊も増えていった。

何日も父が帰らないある日、初美は母から父を迎えに行く様に言われ、指示された場所へ行くとそこは、古い旅館のような木造で、格子のある建物だった。

引き戸を開けて声を掛けると、中からだらしなく長襦袢を着た女性が出てきた。その人は赤い腰紐をだらりとさせて「お父さん、今日は来てないよ」と言った。

初美は自宅への帰り道を歩きながら、さっきの女性の腰紐の赤い色が頭から離れなかった。

その日の夜、初美は目を覚まし障子の穴から茶の間を覗くとミシンに凭れて眠っている母が見えた。毛布を押入れから引き摺り出しそっと母の背に掛けた。

曜子は子供たちの服は全部手作りした。服を買うより安いからだ。上の二人には紺か緑、一番下の頼子にはいつも赤色の服が多かった。デパートでデザインを見て参考にした。頼子のバービー人形のドレスも人形の小物も器用に手作りしていた。

昼間は農家で働いているので、子供たちの仮縫いはいつも夜中。寝入っているところを起こされ、眠い目を擦りながら母の言う通りに後ろを向いたり、横を向いたりで初美は眠そうな顔で欠伸をすると、きちんと立ちなさいと足を叩かれる。そして、「お前は服を作っても有り難い顔ひとつしない。可愛げがないね。作り甲斐がないわ」と日頃の憂さを初美にぶつける。

曜子にすれば、自分の苦労を長女の初美は見ているはず、小学校に上がれば十分理解できるはずだと思っていたが、曜子の気持ちを汲み取るには初美はまだ幼すぎた。その頃から初美は何かにつけて、曜子の心のはけ口になっていった。まるでゴミ箱の様に。

晩秋になり木枯らしが吹く頃になると、冬の準備が始まる。

長屋の窓は内窓が無く一枚窓だった。防寒用に父が窓全体を透明ビニールで覆う。そのビニールを木製モールで押さえ、窓枠にガラス釘（一番小さな釘）を木製モールの上から打ち付ける。寒風が入り込まない様にする為だ。張り終わると中から外は靄が掛かった様にはっきり見えなくなる。家の中も少し暗くなった。

長屋の前が少し広くなっていたので、そこに父が手配した丸太が何本も置かれた。それを父が台付きの丸鋸で挽き、鉈で三十センチくらいに切り分けて針金の輪に束ねる。束ねたものをひと冬分いくつも作り、家の壁に沿って積んでいく。その様にして、ひと冬分の燃料ができていく。

もし、薪が足りなくなると、曜子は駅舎横に置いてある古い枕木を貰い受け、リヤカーに積んできてまた薪を作った。

積んである薪から数本抜き、鉈で細く割り焚き付け（ストーブに使う着火剤）を作ることと、水道の完備がされていなかった時代、長屋の前に有る共同ポンプ（井戸）から水を汲み、自宅の水瓶をいっぱいにすること、それに羽釜でご飯を炊くことが初美の仕事だった。

初美は標準より随分小柄だった。両手から提げたバケツは重く気を付けないとすぐにバケツから水が零れる。何度も自宅とポンプを往復するのは辛いものだったが、母に褒めて貰いたい一心で言いつけを守った。

冬になると水汲みは出面に行かなくなる母と二人でするので嬉しかった。

だが母はいつも「何をトロトロしてるの。チャッチャとしなさい。お前みたいなトロくて馬鹿は見たことないわ。小学校に上がってもなんもできないでしょ！」

初美は何をやっても母の満足するようにできず、いつも怒られてばかりで、いつしか怒られるのは当たり前、自分は馬鹿なんだと本気で思う様になっていた。自分を怒る時の母の顔を見るたびに体が硬くなって余計に何もできなくなった。次第に自己嫌悪に落ち込んでいく。どんどん馬鹿になっていく気がしていた。どうにかしようという考えも浮かばずすっかり思考停止状態になっていった。

冬になると、母がどこからか貰ってきた毛糸のセーターを解き染め変える。毛糸を染める時に入れる色止め用の酢の臭いが部屋中に漂う。

一度解かれた毛糸は、ラーメンの様に縮れて別の色に染められ、天井から吊されていた。数日後には編み直されて子供たちのセーターになった。

編み物で余った色とりどりの屑の毛糸は、繋がれて冬用のパンツになった。房枝はそのいろいろな色が混じったパンツを穿くのを恥ずかしいと嫌がった。確かに短いスカートから覗くそのパンツは可愛くも綺麗でもなかった。

初美は布団の中で聞くミシンのカタカタと編み機のジャッジャッという音が好きだった。『ああ。今夜は母さんがいてくれる』初美は安心して眠れるのだった。

曜子は子供たちが風邪を引いて、お金がなく病院に行けない時は、決まって桃の缶詰を食べさせた。

「母さん、桃の缶詰美味しい。風邪ひいてご免ね」

「病院より安いからね。黙って食べて眠りなさい」

初美は風邪を引くのがちょっと楽しみだった。そんな時は自分だけの母になってくれていると感じるからだった。

大人という人たち

初美が小学校二年生になると、家にブラウン管テレビとローラーの絞り機が付いた洗濯機が相次いでやって来た。それまでテレビは近所でも裕福な家にしかなく、日曜日にテレビが自宅にない子供が連れ立って、テレビがある友人宅で観せて貰っていた。

ペコちゃんやポパイを観るのが楽しみだった。ただ、その友人の兄にはいつも怪訝な顔をされるのを我慢しなければならなかった。

そんな思いをしていたので、自宅でテレビを観られるのが嬉しくて堪らなかった。

裁縫が得意な曜子は、早速テレビに掛けるカバーを王朝柄風の少しでも高級らしくなる様にミシンで縫った。テレビは白黒だったが、少し色が付いているプラスチックの板の様なものを画面に付ける。すると、白黒画面が少し大きく色づいて見える。カラーの画面っぽくしているのだ。

洗濯機は洗濯槽の右上にゴムのローラーが二本付いていて、そのローラーの間に洗濯した衣類を挟んでハンドルを回して絞る。衣類は二本のローラーでペシャンコの薄い板状になる。

洗濯は盥（たらい）と洗濯板で洗っていたので、指の皮が擦れて痛かったけれど、もう心配ないと思ったが、絞り機のローラーに衣類と一緒に子供の小さい指はよく挟まれた。

その数か月後、近所から少し遅れて冷蔵庫が家にやって来た。これで、当時流行の家電三種の神器と言われた、白黒テレビ・洗濯機・冷蔵庫が初美の家にも揃うこととなった。

勿論全て月賦である。初美たち姉妹はテレビに大喜びした。

夏に飲み物と西瓜は、家の横の湧水で冷やしていたが、これからは冷蔵庫が冷やしてくれる。初美は月賦のことなど考えもせず、母が楽になるだろうと嬉しくなった。

初美が小学校四年生になった頃の夜、茶の間で両親の話し声がする。どうも初美のことを話しているようだ。もう眠っていたが、眠りが浅かったのか初美という言葉に目が覚めた。

「初美は動作がノロいし頭が悪いわ。まぁあの子はあの子なりにやっているのだけれど、馬鹿なんじゃないかと思って。見ていたらイライラする」

「じゃあ病院に連れて行け」

「病院行ったらお金かかるし、近所から知恵遅れって言われるわ。馬鹿なら馬鹿でも猫よりましだし、家事とか手伝わせていたら、少しは何かできるようになるんじゃないかと思っているの」

初美は布団の中で、涙が止めどなく流れて耳に入るのを感じた。

早生まれで、標準よりかなり小柄の初美は学校で絵を描くのも、体育も工作も計算も同級生より遅く不出来だった。心の中で、やっぱり自分は馬鹿なんだ。だからいつも母に怒られるんだ。この先自分はどうなるのかと、小さい胸が締め付けられる思いだった。馬鹿でも素直で一生懸命頑張ればいつか両親は愛してくれるだろうか？　いつも祖母の志保が「初美は素直で優しい。そのままでいたら皆に好かれるよ」と言ってくれていた言葉にすがる思いだった。

自宅のすぐ向かいに、その時代には珍しいマリンバ教室があった。

初美と同じ年頃の女の子はピアノやバイオリン・お琴を習うのが流行っていた。近所でも自宅に講師を呼んでピアノを習わせる家が何軒かあった。

突然、母がマリンバを習いに行くかと訊いてきた。ピアノやバイオリンよりは安く習えたのだが、初美はまさか習い事ができるなど思いもよらなかったので、母が自分を思ってくれたと嬉しくて、一も二もなく行きたいと言って通うことになった。剛叔父が教室で使うより少し小さめのマリンバをプレゼントしてくれた。

講師は若い女性だった。熱心に指導してくれたので、初美も一生懸命練習した。習い始めて一年ほど経った頃、生徒たちにＮＨＫのラジオで演奏すると講師から聞かされた。生徒みんなで連れ立って放送局で録音した。

初美が演奏したのは、きらきら星変奏曲とロッシーニのウィリアムテル序曲。緊張したがどうにか最後まで間違わずに演奏ができた。

放送日に自分の演奏した曲を聴くのを楽しみにしていたが、自宅のラジオは壊れていて聴くことができなく残念に思っていたが、講師から頑張ったね。とても良かったよ！　と褒められ、褒められ慣れていない初美は天にも昇る気持ちだった。

学校の担任も聴いていたらしく誉めてくれた。

「初美ちゃん上手だったよ。ずっと続けてね」

その担任は次の年に定年を迎えようとしている女教師だった。

初美は祖母に可愛がられていたせいか、この女教師に好感を持っていた。生徒の誰にでも優しく公平な人だった。たった一年間だけの担任だったが、教師の鑑のような人だった。

「はい。頑張ります」

嬉しくて声を弾ませそう答えた。

だがその年、急に母から「あんただけが子供じゃないから、あんただけ習いものをさせる訳にはいかない」と言われ、結局マリンバは止めざるを得なかった。

近所の子供たちが習い事をしていたので、曜子は見栄もあり、自分の子供にも習わせたいと思ったが、月謝の支払いが難しくなったのだ。房枝も幼心に何か感じていたのか習い事をしたいとは言わなかった。

五年生になり新しい担任は身体の大きな男性の教師だった。いつも黒いナイロンのグランドコートを着てプラスチックの鞭を持っていた。やんちゃな子にはその鞭で容赦なく叩く。それでも言うことを聞かない子供には、廊下の壁に頭を打ちつけることもあった。

その教師は授業中、教室の机と机の間にある通路を歩きながら、成長が早い女子の体に触れるとんでもない教師だった。初美は小柄なのでその被害には幸い遭わなかった。

ある日、被害に遭っている同級生が母親に相談すると、母親が怒り校長に訴えそうになったのを「先生が知ったら鞭で叩かれるからやめて」と泣いて頼んだ、とそっと話してくれた。

二年間、小学校卒業までその悍ましいことは続いた。誰も反抗できなかった。

小学校卒業後にその男性教師は、飲み友達だった初美の父に借金をしに来た。こんな貧しい家にまで……。

中学時代は、上着に酒のポケット瓶を忍ばせて図書室の書棚の陰で飲んでいる教師、校舎横の道路に自家用車を停め、勤務時間中に明らかにホステスと思しき女性と親し気にしている教師等々、初美は大人に対して不信感の塊になっていた。

教師でも下らない人間はいるし、教師が可愛い子・大人しくて賢い子を贔屓にするのは仕方がないと冷めて見ていた。親がそれほどうるさくない時代のことだ。

中学の部活は器楽部に入部した。小学校の時に止めたマリンバの影響か、クラシックが好きだったし、器楽部では学校に楽器が有り自分の家に持ち帰って練習ができた。

その部では大体の楽器は弦楽器も管楽器も打楽器も揃っていた。

初美はバイオリンを選択した。ピアノの前に部員にバイオリンを持って並ばせて、顧問の音楽教師が一人一人に調律をしてくれる。

その音楽教師は知識が豊富で、授業では教科書ばかりではなく、教科書に書かれていない音楽史を話してくれたり、時折一時間ずっとクラシックのレコードを聴かせ、眠っている子を叱らずそのままにしておくような鷹揚な教師だった。

バイオリンは三部に分かれていた。第一バイオリンは主旋律、第二バイオリンは伴奏、第三バイオリンはヴィオラの代わりだった。

初美は一年生なので第三バイオリン。顧問はバイオリンに慣れていない一年生一人一人に、使う前の弓に塗る松脂の塗り方、弓の持ち方、楽譜の見方を丁寧に指導してくれた。

その年の文化祭の出し物のメインはベートーベンの「運命」の第一楽章。練習中に解放弦の時は「N響と同じだ」などと冗談を言って笑わせる。一通りパートごとに出来上がるとチェロ・コントラバス・管楽器も加わり合同練習になり××（学校名）ジュニアオーケストラと銘打って、入学式や卒業式などの学校の行事で音楽が必要な時は、体育館の壇下で演奏した。

時折、ライオンズクラブに依頼されて、市民会館へ演奏に行くこともあった。卒業後、大人になって地方の交響楽団に入団した生徒もいる。

初美は早く三年生になって主旋律を弾きたいと思った。

その頃、初美は初めて恋をした。その彼は一学年上の同じ部活でチェロを弾いていた。いつも優しく初美を励ましてくれた先輩だった。笑うと白い歯が綺麗で憧れていた。

部活の帰りに一緒に帰る時は楽しくて嬉しくて、この穏やかな時間がいつまでも続けば良いと思った。

だが、そんな幸せな時は長くは続かない。初美が盲腸で入院している間に彼は何処かに転校してしまった。

大人の階段

高校受験が近づき、志望校を決める時に多数は公立が駄目だった時のすべり止めで私立も受けるのだが、初美の家にそんなゆとりはないので公立だけの受験だった。

「公立落ちたら近くのパン工場だよ」といつも母に言われていたが無事合格した。父の後輩になった。

高校は中学とは全く違った。入学式に校門近くで先輩らしい生徒たち数人がヘルメットを被り、口をタオルで覆いながらアジ演説をしていた。

「君たちはそのまま何も考えず入学して良いのか――」など社会のことを考える人間になれみたいな言葉だった。丁度ベトナム戦争の末期の頃だ。

高校入学して初めての夏休み、結婚式場の厨房のアルバイトをした。小遣いは自分で働いて稼げと母から言われていたので、街の商店街を一件一件探してこの厨房に決めた。食事付きが魅力だが、兎に角忙しく昼食はいつも午後二時頃だった。市内でも有名な店だったので、賄いはとても美味しかった。

夏休みも終わりに近づき、アルバイトの最後の日に三週間分のアルバイト代一万円ほどを貰った。

自分で働いてお金を稼いだことが誇らしかった。当時ブームだったフォークソングに興味を持っていたので、アルバイトの帰りにリサイクルショップで中古のギターを三千円で買った。残りのお金が勿体なかったので、バスに乗るのを止めて四十分掛けてギターを抱え歩いて自宅へ帰った。

初めてのアルバイトを母はきっと労ってくれるだろうと、高揚した気分で家の玄関を開けた。

初美がギターを抱えて帰ったのを見た母は「それどうしたの?」

母は初美が持っているギターを見て怒っている。母の声が低く初美を咎めている様に感じたからだった。

「アルバイトのお金で買った」

突然、頬に痛みが走った。往復ビンタをされた。

初美は母の怒りの原因が分からなかった。

不意に目の前がチカチカと光った。

「初めて働いたのなら、最初に親に賃金を渡すのが当たり前でしょ。お前みたいな馬鹿で非常識な子は見たことないわ」

初美は呆気に取られ、頬の痛みが分からないほどだった。

その後はどんなアルバイトでも必ずアルバイト料はまず母に渡し、その中から母のその時々で決めた額を渡された。母も生活が厳しかったのだと思うようにした。

初美は高校を卒業するまでいろいろなアルバイトをした。喫茶店・床屋・耳鼻科の助手・呉服店の家事手伝い等々。どこでも一生懸命働いたので、次のアルバイト先を紹介してくれることもあった。

高校生活は今まで経験したことのない半分大人、だがまだ母を乞う幼い自分との狭間で中途半端な自分と向き合いながら少しずつ社会を知る貴重な時間だった。

初美が通う高校は定時制も有り、下校時に会う定時制の生徒は、薄化粧をしている生徒もいて大人びて見えた。

自分たちの使っている机を定時制の生徒も使うので、全日制の生徒と定時制の生徒で交換日記をして付き合う生徒もいた。

校内の文化祭・体育祭などのイベント時は、全日制も定時制も一緒に行うのでカップルたちは、めったにない校内でのデートを楽しんでいた。

初美も淡い片思いの先輩がいたが、廊下などでその先輩と偶然会うと胸がドキドキして、ただ下を向いて目も合わさず通り過ぎるだけだった。部活の先輩に初美はまだ恋に恋をしているのね。などと揶揄されていてもその意味すら分からないほど幼稚だった。

当時、ベトナム戦争反対ばかりではなく、成田空港建設反対などのデモに参加した同級生が自主退学や停学を強いられたり、教職員組合の教師が転勤させられるとの噂が出ると、担任だったクラスが中心になって校内で転勤反対の署名運動をして集まった署名を道教委（北海道教育委員会）に提出したりと、問題が起こるたびに授業をホームルームに変えて話し合った。

　ある札幌から転勤して来た教師が「私がこの学校に赴任してきたときに、先生は組合員ですかそれとも非組合員ですか、とここの生徒に訊かれて随分意識が高いんだなと驚いたんだ」と話していた。

　高校三年の時、生徒会の執行部が学校の意向で無くなるという事態が起きた。初美はその理由もそうなった経緯も分からなかったが、最後の文化祭だけはやれないのかと残念に思っていた。

　その時、有志が数人自分たちで仮の執行部を作って文化祭をやろうと声を上げた。全校生徒の同意を得て無事に三年生には最後の文化祭を行うことが出来た。その間、生徒会室には教師が毎日見回りに来た。生徒の様子を校長に報告するためだ。毎年恒例アイデア満載の文化祭仮装行列と製材調達から手作り山車の数々。文化祭最終日の夜はその山車をグランドの真ん中に集めて燃やすファイアーストーム。それを囲んで全校生徒で歌うフォークソング。自分たち自身で作り上げたその年の文化祭。歌う生徒たちの達成感に満ちた顔にファイアーストームの火の影がゆれている。

　退学した同級生、退学しないまでも甘んじて停学を受け入れたり、学校が決めた理不尽なルールに抗って毎回校長室に呼ばれて咎められている生徒たちを初美は『自分にはできない、勇気がなくて行動できない。みんなどんな確信があってそんな行動ができるのか。しかも真剣な真直ぐな眼差しで』世の中の色んなことに無知な自分を思い知った。

高校時代の三年間は怒濤の三年間だった。

棄てられる

初美が高校三年生の夏の日、暫く父が帰ってこないと思っていた日が続いた頃、母から「今日、一緒に行くところがあるから、学校が終わったら早く帰ってきなさい」と険しい顔で言われたので、不審に思いながらも、下校後に行っている、耳鼻科の助手のアルバイトを休んだ。とても蒸し暑い日だった。

夕方、母に付いて見知らぬ家に行った。出てきたのは、小学生の二人の女の子だった。母は、「お母さんいらっしゃる？　上がっても良いかしら？　いつも小父さんがおじゃましてねぇ、ごめんなさいね」

母の一方的な物言いは、この幼子に完全に上から目線の言い方だった。そう、母は他人には何処かの奥様風に慇懃な物言いだった。

「お母さんは今、仕事に行っています」その五年生くらいの姉の方は小さな声で答えた。

スナックに勤めているその子たちの母が仕事で会えなかったので、母はその子たちに散々嫌味を言ってその家を後にした。

帰る道々、母は止まることを忘れたように、次々恨み事を吐き出した。「あんな不細工な鶏ガラみたいな女。前の旦那に捨てられたから父さんにしなだれたんだ」

何故、娘の自分を連れてきたのか初美は嫌な気分で母の愚痴を聞いていた。蒸し暑さと寒気が同時に体を襲い奇妙な感覚になった。

その年の晩秋、そろそろビニールで窓を塞ぐ季節にとんでもないことが起きた。

父は、遊興費に会社の金を使い込んだ。さほど多額ではなかった為、警察沙汰にはならずに済んだが、退職金はその弁済に充てられ、依願退職の形となった。

曜子が初美を連れ、上司に何度も頭を下げどうにか穏便にと頼み込んだ結果だった。

父は退職後、以前から不倫関係にあったあの女の子たちの母親の家に転がり込んだのだ。

その年の冬の準備は曜子と初美が窓にビニールを張り終わった。壮一はずっとあの女性の所に行ったままだった。

用事でたまに顔を見せる壮一に、曜子は甘えるようにどうしているのか訊ねたり、何度も戻ってくるように哀願したが、結局、壮一は初美が高校生活を終えようとしていた三月にあの家族とともに出奔した。

初美たちは棄てられたのだ。ドラマの様なことが本当に起こるのだと、突き付けられた現実に混乱しながらも、不思議と父に対して恨みも怒りもなかった。

曜子は今後の生活が厳しく不安になり、壮一の実家に援助を頼んだが、結婚してからずっと壮一の実家に冷たく接していた為、壮一が悪事を働いたのも、他に女性を作ったのも曜子にも責任があると思ったのか、僅かな金銭だけ渡されて帰された。

曜子は悔しさで、初美を娘の様に可愛がっていた壮一の妹夫婦に一切初美と会わないで欲しいと言いに行き、その叔母夫婦とは疎遠にならざるを得なくなった。

初美は高校を卒業したら、本州へ進学する友人たちと同じ様に自分もと、東京の専門学校の願書を取り寄せていた。せめて入学金だけ出してくれたら、アルバイトでどうにか二年の学費と生活費は賄おうと甘く考えていた。そう内心思っていたが無理だと悟った。

父と母は初美が高校卒業後離婚した。

父はあの母子と本州で別に家族を持った。

その後の生活は志保に曜子と子供たちが可哀想だからと懇願され、剛が何かと助けてくれていた。剛から買った自宅も支払いをしないで済んだ。

だが、その代わりなのか剛が自分の会社を何度も起業、倒産と繰り返す度に保証人の欄にはいつも曜子の名前があった。曜子と壮一の結婚時に、剛の借金と結納金相殺の件から、二人の間の金銭感覚はけじめのないものになっていった。

けじめがないのは金銭関係ばかりに留まらず、曜子の実家である本間家での曜子の振舞いもまたけじめのないものになっていた。

曜子にとって弟の嫁に対する態度も、以前居酒屋に勤めていたので、水商売の女という意識で蔑んで見ていた。

志保と同居しているのに気を遣うどころか、自分の実家だからと、勝手に家に上がり込み、横柄な態度でいたものだから、志保は剛の嫁に不満があっても、何も言えなかった。

そんな母に対する祖母の愚痴はいつも初美が聞き役になっていた。祖母の愚痴を聞いても曜子には何も言わなかった。言って曜子の機嫌が悪くなって手に負えなくなるのを恐れたからだ。

ただ、志保には「ばあちゃんごめんね」とだけいう。そんな繰り返しだった。

壮一が出て行ってから、曜子は民生委員をしている近所の老人に今後を相談していたのだが、その老人が敬老会で全て話してしまった為、内情を町内のほとんどの人の知るところとなった。曜子のプライドはズタズタにされた。

また、初美の小学校時代の担任で壮一の友人にも相談したが、逆に理不尽な扱いをされた。

このことで初美はまたも大人に対して不信感を募らせるのだった。

曜子は剛が知り合いにやらせていた食堂を丁度その店主が持病で辞めたいと申し出ていたので、志保の口添えも有りその店の権利を剛から無償で譲って貰った。

房枝は高校生、頼子も中学生でまだお金が掛かる。

夫を奪った女がしていた水商売、職業でも格下に見て嫌っていた水商売を生活のために自分がしなければならない。

悔しさと惨めさの中、唇を嚙んで慣れぬ水商売という未知の世界に足を踏み入れることとなった。

親戚の中には生活保護を受けろと言う者もいたが、曜子はそれだけは絶対に嫌だった。

世の中の人に恵んで貰うことになる、それじゃ物乞いと同じじゃないか。それだけは絶対にできないと僅かに残ったプライドが曜子を奮い立たせた。

食堂は農家への出面と比べると体が楽で少しずつでも日銭が入ると思い割り切った。

それから毎日、ラーメンのスープ作り、焼肉のタレ作りと試行錯誤を繰り返し漸くオープンにこぎつけた。その間、子供たちは毎日メニューにあるラーメンや丼ぶりものの試食に協力させられた。

もともと働き者で味覚が優れていた曜子は、客層にも恵まれ順調に食堂の経営者としての第一歩を踏み出した。曜子四十二歳の春だった。

再会

初美が高校卒業後、ある商事会社のN支店に勤めた。営業部の事務だった。その支店では初めての営業事務員で、初美の働き次第でその後も事務員を雇用するか否かを判断するので責任を持つ様にと言われた。

その部署は建材・内装関係の仕事だったので、総務の事務員はスカートに事務服だったが、初美は倉庫から壁材・天井材・ガラス・サッシなど運ぶこともある為ズボンで来る様に指示された。ズボンの上に事務服を着るといった格好で少々寂しかったが、その部署の同僚がとても良くしてくれたので、楽しく仕事ができた。

上司から仕事が丁寧と言われ、得意先から名指しで電話が来るなど、自分は他人より劣っていると思っていただけに、嬉しくて母に少し得意げに報告すると「えっ？　あんたのこと知らないんじゃないの？　いつだってボーッとして、何をやっても満足にできた例（ためし）がないでしょ」

やはり母にとっては、いつまでも昔のままの不出来な自分なのだ、ちゃんと娘を見る気がないんだ。この頃には遅ればせながら、母親に期待することを止めようと考え出していた。

入社して二年目の夏休みを二週間後に控えた七月のある日、母から父宛ての手紙を託された。父が関東にいることが分かったらしい。

「父さんの居場所が分かったんだわ。この手紙を父さんに渡して欲しいの」

「えっ？　Y県って本州の？　何で私が行くの？　旅費は？」

「あんた、夏休みは由美子ちゃんの所に行くって言ってたよね？　その時に寄って来てよ」

そうだった。本州に進学しアパート住まいをしている友人の由美子の所へ行く予定を立てていた。旅費は夏のボーナスでと考えていた。本州へは高校の修学旅行以来、あの時は青函連絡船と列車だった。飛行機に乗るのは人生で初めてのことでとても楽しみにしていた。

会社の会議室からそっと父に電話をした。母から父への手紙を渡された時に、住所と電話番号も知らされていた。

久し振りに父と会話すると思うと、暑さだけではなく、緊張で受話器を持つ掌は汗ばみ、心臓の鼓動がダイヤルを回す指先を震わせていた。心臓のドキドキは事務服の上からも分かる。

呼び出し音が三度鳴った後で受話器を取る音がした。

「はい。Nビル管理室です」父の声だった。

「父さん……初美……」

「おう。初美か」

　一年四か月ぶりの父の声は、不思議に懐かしさを覚えた。棄てられた筈なのに。

「あのね、父さん。夏休みに進学してる友達の所に行くんだけど、その時に会えるかな？」

「おおそうか。来る時は飛行機か？　羽田まで迎えに行くよ」

「分かった。行く時にまた電話するね。この番号で良いの？」

「ああここにくれ。嬉しいなぁ。待ってるからな」

　スムーズに話ができ、ホッとして受話器を置いた。

　夏休みになると札幌の本社でイベントが有り、N市から札幌までの旅費はイベントに参加するということで旅費が出た。半日イベントに参加して、イベント会場の札幌郊外から千歳空港まではお小遣いを浮かす為、生まれて初めてヒッチハイクで車に乗せてくれる人を探した。

　運良くサラリーマン風の人が乗せてくれた。千歳に着いた時にお礼に千円札一枚を出し、

「ありがとうございました。何か飲み物でも買って下さい」

　と手渡そうとすると、その人に「生意気なことをするんじゃない。人の好意は素直に受けなさい。気を付けて」と諭され、初美はちゃんとした大人もいるんだとしみじみ思い、深々と頭を下げてその人の車を見送った。車が去る時巻き上げた風が汗とともに初美の顔を撫で髪の毛が頬に張り付いた。

初めての飛行機は緊張でワクワクとドキドキして乗ってから羽田に着くまでずっと窓から地上を眺めていた。一気に雲の中に入り下界は粟粒の様に小さく、雲は本当に乗れるのではないかと思われるほどふわふわしている。

津軽海峡を過ぎると日本地図と同じ形をした下北半島が見えてきた。「地図と同じだ」思わず口に出してしまった。隣の席の男性に「初めてですか？」と訊かれ、小さく「はい」と答えるとその客はふっと微笑んだ。

一時間半ほどで羽田空港に着いた。到着口から浅黒い父の顔が見えた。初美を見つけ父は嬉しそうに手を振っている。

父に母から託された手紙を渡し、近況を話したらどこか安い宿を父に探してもらうつもりでいたが、父がどうしても自分の家に泊まって欲しいと言う。だが、今は父には家庭があるので躊躇ったが、父の顔を見ていると断り切れなかった。

父は初美をアメ横に連れて行き美味しそうな刺身と果物を買った。一時間ほど電車に揺られ、少し歩いて漸く父の住む社宅に着いた。

初美は今、自分は都会にいるという高揚感と父の家族に会う不安が入り乱れてどんな顔をして良いか分からないでいた。

あの時のあの女の子たちは初美のことを覚えているだろうか？

父がチャイムを押すと、中から母と初美達姉妹を奈落に落とした女の人が出てきた。済まなそうな妙な微笑みを湛えていた。『えっ？　不細工。母さんの方が綺麗』咄嗟に初美は思った。

父に促され中に入ると、それほど広くない２ＬＤＫの部屋は綺麗に整頓されて、いつも雑然としている初美の家とは全く違っていた。

父の奥さんは初美を一番風呂に入れてくれた。父の買ってきた刺身と父の奥さんが用意したすき焼きで食事をした。

皆一様に寡黙だが、父だけが饒舌だった。食事の後、父の奥さんは果物をフルーツ皿に彩りよく並べ、氷を散らせた。片付けが苦手で、食事時は大皿でガサツに並べられる曜子のそれとは全く違う。綺麗好きな父が好みそうだ。

彼女の子供たち、あの時母に連れられ彼女の家に乗り込み、散々母から嫌味を言われた姉妹は言葉少なに食事を終わると自分たちの部屋に行った。父の奥さんも洗い物のため席を外し、リビングは父と初美の二人になった。

「あのひと、とても綺麗好きなんだね。果物の盛り付けも素敵だし。片付けのできない母さんとは随分違うね。でも、母さんの方が美人」母が負けている感じがして嫌味が口をついて出た。

「済まなかった」突然父が泣き出した。

初美は驚いた。そんな気弱な父を見たことがなかった。初美は何も言えなくなった。父に会うまでは、父が去ってからの辛かったいろいろな出来事を話して詰ってやろうと考えていた。しかし父の涙を見ると何も言えなくなった。

初美が寝る部屋に糊のきいた真っ白なシーツが目に入った。父の奥さんが寝床を用意している時に、父がいつも北海道に残してきた子供たちに償いをしなければならないと、口癖になっていると話してくれた。

初美はこの女性のことも何故か嫌いになれなかった。初美は自分で自分の心を許り知れないでいた。

次の日、壮一は西へ向かう新幹線の駅まで初美を送った。途中、父と同級生だった曜子の弟の剛が仕事で東京へ行った時に時々壮一の所へ寄り、曜子と娘たちの近況を知らせていたという。

壮一が剛から買った自宅も支払わなくて良いことも伝えていたらしい。

「申し訳ないが、困ったことがあったら剛を頼ってくれ。剛にもいろいろ頼んであるから」と初美に伝えた。今の父には金銭的にも何もできないのだ。

別れる時に「初美、母さんに手紙のことは了解したと伝えてくれ」と奥歯を噛みしめながら言った。

母の手紙には何が書かれていたのだろう。

それは数年後、初美が結婚する時に分かる。

「父さん、父さんには私たち三人と此処の二人の、娘が五人いること忘れないで」

初美は見送る父に、父親の責任は一生逃れられない。自分たちのことを忘れないで欲しいとの思いから、しばらく会えないであろう父に意を決して伝えた。父はゆっくり頷いた。

新幹線は窓が開かなく、発車のベルが鳴るとすぐ発車した。手を挙げて見送る父はあっという間に見えなくなった。

京都で女子大生になっている由美子と会い久しぶりにお喋りに花を咲かせた。友人と会う時くらい父母のことを忘れ思い切り楽しみたかった。

由美子のアパートに泊まった次の日、由美子と由美子から連絡を受けて会いに来てくれた先輩の案内で京都を散策。

嵐山の神社で引いたおみくじは〝凶〟だった。何も知らない由美子と先輩に今が一番最悪と考えると、これからは良いことばかりだよ。と慰められた。初美は『やっぱりな』内心思った。

帰りの飛行機の中で、父母のそれぞれのことをずっと考えていた。

羽田から千歳、その後ＪＲを乗り継いで家に着くや否や、母は父への手紙の返事や父たちがどんな生活をしていたかをしつこく訊ねた。

「元気だった。手紙のことは了解したって言っていた。一日だけだから生活のことなんか分からない」とそれだけ伝えた。

「了解したならいいわ。だけどあんたは本当に役に立たないね」母は満足する答えを初美から得られなかったので不機嫌になったが初美は母の顔をまともに見ず、疲れたから寝ると言って二階の自室に戻った。

房枝と頼子にささやかなお土産を渡してベッドに入った。

志保と曜子と克子

妹の房枝は成績が良くて可愛らしく、ある女優に似ていたし、頼子は鼻が父に似て高く美人の部類だったから、小さい時から二人とも異性に人気があった。初美は背が小さく顔も妹たちと比べると見劣りがした。

子供の頃、妹たちを知っている友人に妹たちは二人とも綺麗なのに初美ちゃんはどうしたの？　と訊ねられて答えられず下を向いた記憶がある。

祖母の志保に自分の容姿のことを話したことがあった。

「房枝ちゃんは女優に似ているし、頼子ちゃんは鼻が父さんに似て高くて羨ましい」

「初美だって可愛いよ！　目が大きくて鼻は丸くてね。神様は誰の顔の部品にもその人の顔に合ったものをくれるの。その上で心を綺麗にすると人相が良くなって美人になるんだよ。

子供の時はそれに気が付かず、他人からチヤホヤされている人を見て羨んだりするけれど、大人になったら分かるから。周りを見てごらん。特別美人でも美男子でもない人たちが結婚して仲良く家族になっているでしょ。初美の良いところは優しいところだよ。きっと初美の性格を好いてくれる人が出てくるからね。

それに仏さんの言葉に『自利利他』と『忘己利他』って言葉があって、他人の為に尽くすと自分も幸せになり、自分を犠牲にしても他人に尽くすと一番幸せになるんだよ」

志保は何かに付けて初美の心を癒してくれた。それは小さい頃からずっと変わらなかった。志保は嫁いだ本間家が真言宗だったので、いつも何かにつけてお大師さん（空海）を引き合いに出して初美を躾けた。

「誰も見ていないと思い悪い心が顔を出しても、ちゃんとお大師さんが見ていて罰を下すからね『天網恢恢疎にして漏らさず』だよ」と言われて今でも痛い思いをした時は、何か悪いことを考えていたかな？　とすぐ思う。

初美は曜子より志保が本当の母親の様に感じ慕っていた。

幼い時より初孫の初美を可愛がった。曜子が夜間に不在なのではないか、子供たちだけで寂しくしているのではないかと、食堂の皿洗いのアルバイトを終えてから度々初美の家に来て、昔話を聞かせながら三姉妹を寝かしつけた。

朝の洗顔の時にはお鼻の巣（巣は伊予弁の穴）もお耳の巣も綺麗にするんだよ。と言い清潔を促した。

冬の寒い時など外から帰ると、志保は初美たち姉妹の冷たい手を自分の背中や胸に入れさせ温める。

ストーブで急に温めると手が痒くなるが、祖母の背中や胸に入れると体温でじんわり温まり気持ちが良い。

初美が幼い頃、便秘をした時は、トイレで便が出易いように肛門の周りを揉んでくれるので、楽に便を出すことができた。

初美が結婚する時に手作りの卵油を小瓶に入れて持たせた。

これから家事で忙しくなり火傷をした時にその卵油を塗ると痛みを和らげ早く治るとのいうことだ。それに小声で旦那さんが仕事で疲れた様子の時は、旦那さんのおいどの巣に塗ってあげなさい。疲れが取れると言われたが、さすがにそれはせず、専ら火傷の薬になった。

祐輔を出産した後で乳腺炎にならないように毎日お乳を搾ってくれた。

初美も老いていく祖母の手伝いを志保が亡くなるまで続けた。

曜子は若い時から我儘だった。曜子と気が合わない叔母の克子は、曜子のことを父親の新市が臥せっている時も、兄の紘が臥せっている時も、友人が誘いに来たら、病人の布団を跨いで遊びに行ったと初美に話す。

「叔母ちゃん、もう言わないで。私の母親なんだから」

初美は母の悪口を聞きたくなくてそう言うと「あんたは祖母ちゃんが育てたの。あんたの母親のつもりで言ってない。私の姉だから言ってるの。あんたは小さい頃から可哀想だったんだから、あんなに悪い女はいないんだからね。大体ね、普通どっちかの親が悪くても片方の親は良いもんだけど、あんたの親は両親とも悪いもの」

克子は初美の静止も聞かない。初美はどうしてこの姉妹はこんなに仲が悪いのかと悩まされる。

確かに曜子は、思う様にならないと突然理不尽に怒る。暑いと言っては怒り、親戚が先に剛の家に寄って曜子の家に来るのが遅くなると怒り、近所でも誰彼構わず悪態をつく。

初美も理由が分からないまま怒られていることが多々あった。

それで、親戚からは身勝手な人と思われていた。

曜子がトラブルを起こす度に、長女の初美は迷惑を掛けられた人に謝罪をするのが常であった。時には電話で、また時には菓子折を贈り、わざわざ転勤先から出向いて謝罪するなど気の休まる時がなかった。

初美に迷惑が掛かっていると知ると、まるで女優の様に振る舞う。

「私は悪くはないけれど、あの人たちも上げた拳をどこかに下ろさなければならないから、あんたに謝るわ。申し訳御座いませんでした」

と言って、初美に向かって手をついて謝るのだ。そんな母の姿を見る度にいたたまれなくなる。

いつしか初美は、他人に後ろ指を指されない様に、借りを作らない様にと意識する様になっていった。こういう環境下に生を受けたことが私の宿命なのだ。

そして克子もまた勝気なことは曜子に負けてはいない。克子の心ない言葉で房枝と頼子が何度か傷ついていた。その結果妹たちと克子との関係も次第に疎遠となっていった。

結婚と不審

初美が母から言われていた門限は社会人になっても午後十一時だった。

曜子はその時間が来ると玄関に立ち初美が帰るのを待っている。一分でも過ぎて玄関の引き戸を開けると同時に曜子の往復ビンタが飛んでくる。引き戸のガラスに母の姿が映ると初美は奥歯を嚙みしめて引き戸を開ける。

父が出て行ってから、長女の初美が横道に逸れると妹たちも悪くなる。片親で躾がなっていないと噂されるのを恐れたからだった。

社会人になってからのある日、友人たちと会って帰宅した時、初美が何気なくソファーに置いたバッグの口が開いていて、中から煙草の箱が出てきた。若気のただ大人ぶって悪戯をしていただけだった。

それを見つけた曜子は、初美に馬乗りになりその煙草を束にして初美の口に押し込んだ。

「二度と煙草を吸わないと誓いなさい」

鬼の形相の曜子を見て怖くなり、はいと頷くしかなかった。

元々人として劣っていると思っている初美が、不良になったらと思うと我慢ならなかった。

初美が就職して二年目、大卒で入社してきた一郎とグループ交際後に付き合うこととなった。

初美は決して容姿が良い方ではなかったが、いつも一生懸命だった姿が一郎には印象良く映っていた。

初美は今まで男性と付き合った経験がなく、好きになっても、告白すらできずいつも片思いだった。

会社の飲み会の時にそっと、ある喫茶店で待っていると言われ、そこで交際を申し込まれた。初美の本心は嬉しく申し込みを受けたかったが、すぐに返事をしなかった。交際から結婚へ話が進んでいったらと思うと気が重くなるのだった。まだ、恋に恋をしていた年頃で、恋愛を現実に考えられていなかった。ただ男性とお付き合いをすることに憧れていただけだった。そんな自分に真っ直ぐな目で交際を申し込む一郎に、初美の両親が離婚していることも負い目だったが、何よりセックスに対して罪悪感が有り、どうしても後ろ向きな感覚になっていた。幼い頃に目撃した両親の夜の出来事、その後の母からの叱責が初美に影を落としていた。

初美は振られることを覚悟で思いを正直に一郎に話した。

「ご両親と初美ちゃんとは関係ないから。安心して僕に任せて欲しい」

一郎は優しく微笑みながら答えた。

初美は一郎を心から信じられると確信した。それから一郎は急がず、ゆっくり二人の距離を縮めていった。

一郎と付き合い始めて一年ほど経った頃、一郎を母に紹介する為自宅へ連れて行くと、曜子は一郎の父親が公務員で母親は専業主婦。真面目だけれど冗談も通じる一郎をとても気に入り、満面の笑みで応対した。

ただ気になるのは姉が二人で妹ひとりと女性の中で育ち、父親が戦争から戻ってから生まれたたった一人の男の子の為、母親が一郎を溺愛していることだった。

一郎とのデートで、たまに門限の十一時に間に合わなくなりそうな時は、決まって一郎が初美の家まで送り、嘘の言い訳を言ってくれるので、初美が叱られることはなくなった。初美より一郎を信頼していたのだ。

ある日、一郎から妹の久美(くみ)が遊びに来たのだけど、自分が仕事で少し遅くなるので、アパートで相手をしていて欲しいと頼まれた。

初美は快く承諾してどんな人か、確か初美よりひとつ上と聞いていた。札幌の人だからきっと都会的な人なんだろう。どんな話をしたら良いかといろいろ思い描いて退社時間まで落ち着かなかった。

一郎のアパートに行く途中でショートケーキを買った。ケーキを携えいそいそとアパートの階段を上がり、一郎の部屋のドアをノックした。

中から返事がしたので、ドアを開けると六畳の部屋の一郎のベッドの上に、都会的なセミロングの女性が横座りで編み物をしていた。

部屋の壁側に十四インチのテレビがローカル番組を流していた。回すチャンネルの部分が外れそうになっていて、チャンネルの縁にマッチの軸を折って挟めて外れないようにしてある。

兄が帰ってきたと思ったのか、初美の顔を見て少し驚いている。

「あのう。木村と申します。初めまして。野田さん仕事で少し帰りが遅れるようで、私がお話し相手にと仰ってました。よろしいですか？」

久美は初美を上から下までじろりと見た。「あなたが木村さん。兄のどこが気に入ったのですか？」

久美は出し抜けに一言質問して、再び編み物に目を戻した。思いがけない問いかけに初美は言葉に窮したが、「誠実な方ですよね」咄嗟に言葉を探し答えた。

「ケーキを買ってきたので食べませんか？　野田さんからインスタントコーヒーを飲んでも構わないと言われたので、一緒にどうですか？」

初美は久美がどう感じているか気になりながら、小さな戸棚にあるインスタントコーヒーを淹れ、買ってきたショートケーキをテーブルに並べた。

テレビの映像を観るともなしに観ながら、二人とも言葉少なにケーキを食べたりコーヒーカップに口をつけたりで、一郎が帰ってくるまでの時間がとても長く感じた。三十分ほどで一郎が帰ってきた。

一郎は妹が可愛いらしく、会社では見せない柔和な兄の顔で五時間の列車の旅は疲れなかったかと気遣いを見せた。

一郎が着替えを済ませると三人で近くの居酒屋で食事をした。

初美は折角、妹さんが来たのだからと言い早々に帰宅した。

久美が帰ってから数日後、初美が一郎の部屋を掃除していると、小さな食器棚の上に単行本と一緒に姉の東子（とうこ）からの手紙を見つけた。

先日の久美に初めて会った時のことが気掛かりだったので、いけないこととは分かっていたが中を読んでしまった。

そこには初美と付き合い始めたことを知った東子が初美のことを探るために久美を寄こしたこと、長男なのに田舎者のしかも片親で食堂をしている母親の娘、それも長女なんて何を考えているのか等々。初美の性格ではないところの評価に読んでいるうちに顔が紅潮してくるのが分かった。

その日は一郎に会わず、用事があるので帰る旨の置手紙を残して部屋を出た。

帰り道で涙が溢れてきた。やはり、人の手紙を読むなんて、いけないことをしたからこんな思いをするんだと、天網恢恢……の祖母の顔が浮かんできた。この日のことが初美の生涯の負い目になった。

このことはもちろん母親には言わなかったが、どうしても辛くて志保に打ち明けた。

「もしその人と将来結婚することになって、姉妹たちが何て言おうと、初美の性格が分かったら理解してくれるから安心しなさい」

志保は初美の背中を撫でながら優しく言ってくれたので、不安で押し潰されそうになっていたが次第に落ち着いてきた。

一郎と付き合って二年後、初美が二十一歳になった春、曜子の誕生日に結婚式を挙げることとなった。一郎の姑曜子への思いやりだった。

結納の日、料理を剛が作り野田の両親を迎えた。曜子も剛も志保の身内は、男性女性にかかわらず皆料理が上手だった。男性の剛が前掛けをして台所に立っているのを見た野田の両親は驚きを隠せない表情をしていた。

壮一が結婚式に来ることは勿論叶わなかったが、やはり父親なので知らせると、わずかな祝い金と手紙が届いた。

その手紙には、以前曜子の手紙を託されて関東の壮一の家に行った時に父から母への伝言で了解した、と言っていた内容がこの時の手紙ではっきりした。

あの時託された曜子の手紙には、金輪際娘たちとの関わりは持たないで欲しい。と書かれていたのだ。

壮一からの手紙には一枚目は一郎宛ての初美をよろしくということと、式に出席できない自分の犯した罪の詫びの言葉があった。

二枚目は初美宛で、母からの手紙により心を鬼にして娘たちとの繋がりを切ろうと思ったと書かれていた。

三枚目は初美が嫁ぐにあたり心すること。

一、夫と夫の両親を大切にすること。
二、夫の実家に時折連絡をすること。
三、家の中はいつも綺麗にすること。
四、少しずつでも貯金をすること。
五、夫の客人を快くもてなすこと。
六、健康には十分気を付けること。
等々十項目の内容だった。

初美はこの手紙を小引き出しの奥にしまった。父のしたことはさて置き、妻としての心構えは手紙の通りなのだと心に留めて置きたかった。

披露宴には二人が勤めている会社の社員と得意先の人、新婦側の初美の身内と友人たちがほとんどで、新郎側は一郎の両親と妹の久美だけの出席だった。一郎の長姉の明子(あきこ)と次姉の東子は欠席だった。

この時はまだ初美の中に、これから茨の道が続いていく最初の一歩とは全く思っていなかった。

出席者の中には、曜子が壮一と別れた後で初美との関わりを持たないで欲しいと告げた、壮一の弟妹も曜子の友人たちも含まれていた。

壮一に棄てられた後でも、立派に娘を嫁がせたことを皆に見せたかったのだ。だが、そんな曜子の思惑に関係なく皆二人を祝福した。

結婚式の後すぐ札幌へ、一郎の姉の東子の家に結婚の挨拶のため訪れた。数日間初めて野田の家に宿泊した。

新婚旅行は夏に行くつもりにしていた。その時、壮一に一郎を紹介したかったし、一郎の長姉の明子が関東に住んでいるので挨拶をしなければと思っていた。

N市を経つ前に志保から、野田さんに泊まって次の朝に布団を上げる時は、布団の隅をきちんと合わせて上げるんだよ。そして何か言いつけられたら「はい」と言って「にこっ」と笑って「ポン」と立ち上がるんだよ。そうするとみんなに好かれるからね。いいかい「ハイ・ニコ・ポン」だよ。

もう一つ、志保は初美が結婚するにあたり、「これから主婦としてお金を管理する上で、無駄金と死に金は使わず、生き金を使うようにしなさい。そうすれば困った時に誰かが助けてくれるからね」と言い含めた。初美は志保の言葉を胸に刻んだ。

野田の家は公務員住宅で古かったが、３ＬＤＫで綺麗好きな姑のキミらしくよく整頓されていた。

宿泊したあくる日、台所でキミと朝食の支度をしていると、キミは初美が予想もしていない質問をしてきた。

「あんたたち喧嘩でもしたの？」

初美は何のことか分からずにキョトンとしていると、

「朝にね部屋を見たらあんたたち背中合わせに寝てたから、喧嘩でもしたのかなと思ったの」初美は耳を疑った。寝室を見られた。

「いえ、別に何もないです」やっと答えた。尚もキミは「夏にお父さんの所と明子の所へ行くんでしょ？　明子にはお父さんのことは言ってないから。親戚の人に結婚の挨拶に行くって言ってあるから」キミの言葉に愕然とした。

初美は一郎の家族には一郎の口から、初美の両親が離婚していることも伝えて貰っていたので、理解してもらっているものと思っていた。

やはり、片親というのは受け入れて貰えないのか？　と改めて悔しさが込み上げて来た。

この時に自分の意見を言えば良かった。片親という負い目のあるまだ二十一歳の初美はそんな勇気はなかった。

この後悔が結婚後何年もずっと引きずることになるとはこの時は知る由もなかった。

キミは一人息子の一郎を溺愛していた。一郎が札幌を出て他の都市の大学を受けたいと言っても決して許さなかった。

札幌市内の第一志望の大学に落ちたので仕方なく市内の私立大学に入学した。大学卒業後入社した今勤めている会社は、本社が札幌だが道内に多く道外にも数か所の支店を持つ会社だった。

赴任地が札幌から電車で五時間のN市にある支店だった為、キミに入社を断り市内で就職するよう泣いて説得されたが、今更別の会社を受ける気もなく、転勤で札幌に戻ることもあるからと、キミを振り切ってN市の支店に赴いた。

そのことを初美は一郎の友人が旅行でN市を訪れた時に酒のつまみとして「こいつはマザコンさ」などと一郎をからかいながら話しているのを聞いていた。

夏休みを利用して新婚旅行に出掛けた。

父の壮一に一郎を紹介すると、一郎の人柄を気に入り、一郎に今の状況を改めて詫びた。

姉の明子には初美の口から正直に両親が離婚していること、父に一郎を紹介してきたことを伝えた。

明子がどんな風に感じたかは想像するしかなかったが、志保が言うように初美の努力次第できっといつか受け入れてくれるだろうと思っていた。

結婚してから曜子は殊の外、一郎を頼りだした。

曜子が買い物に連れて行けと言えば行き、どこか遠出をしたいと言えば、自家用車で北海道のあちらこちらへ連れて行き、あれが食べたいと言えば買って届けた。

「そんなに母さんの言いなりにならなくても良いのに」

初美が一郎を気の毒に思い言うと、

「お義母さんは今まで苦労したんだから、俺にできることがあればしてやるよ」

初美は一郎に申し訳なく思い、曜子に少し頼りすぎだと言っても、初美の考えすぎだと聞きいれなかった。

まるで、一郎が自分のものだと言わんばかりだった。

剛も一郎を気に入り、自分の娘の婿より一郎を呑みに連れ歩いた。それに曜子はやきもちを焼き、剛に一郎を余り誘うなと文句を言い、剛と険悪になった時もあった。

数年後、転勤でN市を離れた後も、いつまでも一郎を頼りにしていた。

一郎が出張でN市を訪れる時には、必ず曜子の家へ夕食のおかずを持参し宿泊した。

出張の時に初美の実家に泊まれば、初美も安心するだろうとの思いだった。

また、曜子は自分の苦労話や愚痴も随分一郎に聞かせていた。一郎は不機嫌にもならずにその愚痴や悩みを黙って聞いてやっていた。

だが、初美は夫が実家に行くと必ず母の曜子から電話が掛かってくることが憂鬱になるのだった。

「初美！　今ね、一郎さんがお刺身買ってきてくれたから一緒に呑んでいるのよ。一郎さんたら面白いことばかり言うの。ふふふ」

「母さん、酔っているの？　一郎さんに代わって！」

「一郎さん！　初美が代わって欲しいって。何か機嫌悪いわ。何だろうね」

「一郎さん、母さん呑みすぎじゃないの？　早く寝るように言って！」

「分かった。俺も明日は早いからもう寝るよ。明日の夜十時頃に家に着くから、何か酒の肴を用意しておいてくれ」

「はい。気を付けて帰ってきてね」

一郎は不安気な初美を安心させるように穏やかに話し電話を切った。

一郎が実家に宿泊した次の日には必ず曜子から電話があった。

「初美？」

「ああ母さん、昨日は一郎さんがお世話になりました」

「あんた、いつも一郎さんに何を食べさせているの？　私の作った食事を美味しい美味しいっておかわり何膳もするのよ。今、一郎さんの下着を洗濯しているの、今度来た時に渡すから。それとね、この前ね笑っちゃうことがあったのよ。隣の前田さんの奥さんがね、うちに時々白髪の男の人が来ているでしょ？　お友達？　って訊くのよ。一郎さん若白髪だから誤解したのね。可笑しいよね」

初美は母の女性の部分を感じると不快になる。

「下らないこと言わないでよ。電話切るよ」

「冗談なのに何怒っているの。嫌ね。一郎さんにまた出張の時に寄って下さいって言っといてね。じゃあね」

粘っこい感触を残して電話は切れた。

一郎にもう実家に行かなくていいから。と言いたかったが、一郎の優しさに水を差したくなかった。それに大人になり切れない自分を一郎に見せたくなかった。

ある年の四月一日の朝、初美家族は前日から初美の実家に泊まっていた。

「一郎さん、会社から電話よ」

二階でまだ眠っている一郎に曜子が階下から声を掛けた。

「えっ？　電話？　鳴ってないのに」

先に起きていた初美は不思議に思った。

眠い目を擦りながら一郎は階段を下りて電話を取った。

「もしもし野田です」

「ツーツー」一郎はキョトンとしている
「あらぁ騙された。今日はエイプリルフールでした」

ドアの陰からクックッと笑いながら、狐につままれた様な顔の一郎を見て、今度は大笑いしていた。

そう言えば……あの時の嫌な記憶が蘇ってきた。

まだ、初美家族がN市に住んでいた頃のある日曜日、東京に嫁いだ友人が実家に帰省したので幼い祐輔を連れて友人宅を訪れた日、暫く振りに会うので、帰りは夕方五時頃になると一郎に話して出掛けた。

そのことは母の曜子にも伝えていた。母もその友人のことは知っていたので、友人とその母に宜しく伝えてと言われていた。

話に花が咲き、帰宅したのは五時を少し過ぎていた。

「ごめんね。お喋りが楽しくて遅くなっちゃった。急いで夕飯の支度をするから」

「急がなくていいぞ。先に祐輔を風呂に入れるから」

一郎は祐輔を連れて脱衣場へ行った。

初美は簡単にできる酒の肴を先に用意してから、寝室へ行き布団を敷いた。ゆっくり食事をしたいので、雑事を先に終わらせたかった。

　その時、一郎の枕に初美が使っている化粧品とは違う化粧品の匂いがした。それも、よく知っている匂い。初美は軽い眩暈と心臓が高鳴るのを感じた。

　浴室から「出るぞ！」と言う一郎の声がしたので、ハッとして慌ててリビングへ行き、裸のまま湯気が体から立ち昇っている祐輔の体を拭いた。

　バスタオルを巻いて浴室から出てきた一郎に、ビールを用意しながら何とか平静を装い初美は口を開いた。

「今日、誰か来た？」

「ああ、お母さんが近くまで来たからって寄っていったぞ」

『やっぱり。母さんだ』勘は当たっていた。

「お前が留守だと知らなかったらしいな。友達が帰省していること言ってなかったのか？」

「言ってなかったかも……」嘘をついた。

　初美は上の空で夕食を作り、祐輔に食事を取らせ寝かせた。祐輔が寝入るのを確認してリビングに戻り、一郎の晩酌に付きあった。

　初美はハイボール二杯を立て続けに呑んで徐に訊いた。

「母さん枕使った？」心臓がドキドキしていた。

「何か、疲れたから横になりたいっていうから出してあげたけど、どうした？」

「ううん。何でもないけど、一郎さんの前で横になったの？」

「ああ十五分くらいかな」

「いくら娘の家だからって、ケジメなさすぎだわ。来るなら前もって連絡くれたら良いのに」

「近くまで来たついでに寄ったんだろう」

初美は話しているうちに腹立たしさが次第に増してきた。

その後、初美はそのことについては一切口にすることはなかった。勿論、その枕は捨てた。

壮一と曜子が離婚して以来、壮一への恨みを晴らす様に曜子には複数の男性と不適切な関係があった。何故、それを初美は知っているのかは、わざわざ曜子が初美に話したからだった。

時には男性と過ごしたホテルの詳細、またある時には酔って男性を家に入れて、二人でいる所を頼子に見られたみたいだからどうしたら良いかなど。

初美は自分もあなたの娘なのだと大声で叫びたかったが、我慢して友人の様に一つ一つ対応した。

そんなことが度々あり、子育てにも疲れていた頃、街で曜子が男性と寄り添って歩いている所を見かけた。

曜子も気付いた様だった。その翌日、曜子が初美の家に来た。

「昨日のことだけどさ」曜子はその男性のことを言い訳がましく話し始めた。初美は聞きたくない話だ。

「その人結婚しているんでしょ？　付き合うなら一人身の人にした方が良いんじゃない？気持ち悪いよ」

「一人身の人なんて、私の年なら爺さんばかりじゃないの。私に爺さんと付き合えって言うの？　冗談じゃない。あんたはいつまでも子供のままでどうしようもないわ」曜子は逆上し、思い切りドアを閉めて帰って行った。母の言葉に初美は吐き気を催した。

父と別れてからの母の孤独感・無念さなどを受け止めるほど、二十代前半の初美は寛容ではなかった。

ただ、房枝と頼子に対する様に初美の前でも普通の母でいて欲しかった。母に女性を感じたくなかった。なぜ自分にだけこんな態度なのか。自分が長女だからなのか、反抗しないからなのか。

ある日、母が来たので一緒に取る昼食の準備の買い物をしに出掛けて帰ってみると、母が頗る不機嫌な様子。問い質すと小引き出しの奥にしまっておいた結婚式前に届いた父壮一からの手紙を探し出して読んだというのだ。

「よくこんな手紙を後生大事に取ってあるもんだね。内容は全部私への当てつけでしょう。あんた私の苦労を一番見ていたのに何なの？　まだあの人と連絡とってるの？」

「連絡なんて取ってないよ。なんで人の家で家探しみたいなことするのよ」

初美は母の態度に嫌気がさした。

「あんたは娘でしょ。私が見て悪いものでも有るの？」

「私はもう、独立してるの。母さんの家じゃないんだよ。常識ないんじゃないの？」

「常識？　私は常識の塊よ。常識が服着て歩いているの。一郎さん、あんたのどこが良かったのか。あんたみたいに愚図でハンカクサくて（北海道弁の愚か・非常識の意味）なんで一郎さんみたいな真面目な人と結婚できたの？　しかも私に当てつけみたいに男の子なんか産んじゃって。世の中分からないものだわ」

ああ、そうだった。初美が祐輔を産んだ時にはおめでとうの祝いの言葉より先に「あんたみたいな子でも男の子を産めるんだね。私にはできなかったことなのに」と言われたんだった。

初美は二の句が継げなかった。この母には何を言っても無駄なんだ。私には何を言っても何をしても構わないと思っているのか。私はこの母の腹いせのゴミ箱になるために生まれてきたのだろうか？

母とは母の怒りの制御が利かなくなると、いつも不毛な会話になる。そんな時は思い切り棄てようかこの母をと思ってしまう。

でも、いくら棄てたくても、自分の我儘で子供から祖母を奪うことはできない。やはり自分が我慢すれば良いことなのだと思うしかなかった。

いつかこの母も死ぬ前には「初美、我儘なことばかりで悪かった」と言ってくれるのかもと淡い期待を持ったものだった。

嫁になる

一郎の母親キミは双子で東北の生まれだった。兄弟が多かったため、物心がついた頃他家へ養女にやられた。その後、養父母と義弟と共に満州へ渡った。

だが、貰われた家が貧しく、貰われて行ったすぐ後に養母が亡くなった為、養父と義弟との暮らしで、いろいろ苦労をしたとキミ自身が話していた。

満州の同じ集落にいた清（きよし）に見初められ結婚した。結婚後三人の娘を授かったが、戦時中に次女が流行り病で亡くなった。栄養状態が悪くそこの集落では良い医者がいなかったためだ。

清が戦地へ行っている間に終戦になり、キミは野田家の清の妹たちと子供を連れて共に札幌へ引き揚げてきた。

その二年後、清が復員してやっと家族を捜し当て、運良く公務員の職を得て安心して暮らせるようになった。その後に一郎と久美が相次いで生まれた。

一郎が初めて生まれた男の子だったので、清もキミもとても喜び可愛がった。

一郎が大学生の時にキミの双子の妹が嫁いで道北に住んでいることを知り、母親に会わせてあげたいと思い、手筈を整え引き合わせた。

キミの妹は数十年ぶりの姉との再会に嬉しくて泣いていたが、キミは涙一つ出てこなかった。なぜ親は自分を養女に出すのなら、お金持ちの家にしてくれなかったのかと、妹に恨み言を言った。そのことをキミ自身から聞いた初美は、母親を喜ばせようとした一郎の優しさが無駄になったのではないかと悲しくなった。

一郎と初美が結婚してから、年末年始・夏休みなど長期の休みの時は、必ず札幌の一郎の実家に行くことが当たり前だった。

キミは養母が早くに亡くなっていた為に料理があまり得意ではなかった。ほとんどがインスタントだった。

初美が嫁いでから野田の家に行った時は、食事の支度を初美がすることも増えていった。初美は志保や曜子や剛が料理をするのを見ていたので、インスタントを使うことはなかった。

清が好きな蕎麦も勿論出汁から作った。蕎麦打ちは剛に習っていた。剛は自社の工場で作った蕎麦打ちの台と麺棒を初美にプレゼントしていた。

清が美味しいと言って食べてくれるのが嬉しかった。

一度初美がすき焼きを作った時、インスタントに慣れていたキミは濃い味が好みで、初美が作ったすき焼きの味が薄いと感じたのか、初美の前で「薄い」とひと言言って醤油を卓袱台の上のすき焼き鍋に思い切り入れた。初美は驚いてキミの顔を見た。

野田の家に滞在している時ばかりではなく、自宅へ戻ってからもキミからの嫌味の電話はどんどん度を増していった。それはキミだけではなかった。

　一郎と初美がF市にマンションを購入した時に東子から電話が来た。

「長男なのになぜF市にマンション買ったの」「高校にも小学校にも近く新築で安かったんだ」一郎は素直にそのまま理由を話した。

「へぇ孟母三遷だね。だけどあんた長男なんだからね。分かってるよね」と東子に念を押された。

　初美は何故義姉に責められなければならないのか納得がいかなかったが、一郎が余り問題にしていない様なので、初美もそれ以上気にするのを止めた。

　一郎はキミが初美に嫌味など言っていることは知らなかった。初美が一郎には言わなかったからだ。

　そんなことを話して一郎との間に不穏な空気が流れるのを極端に恐れていた。思い切り夫婦喧嘩ができないのだ。一郎が不機嫌になると棄てられるのではないかと極端に不安になる。

　初美は両親の離婚が理由で、結婚生活に影響していることは分かっていた。

　舅の清が喜寿になろうとした頃、清が癌で余命半年と宣告された。

　一郎と初美は毎週土曜日に一郎の仕事が終わり次第二時間ほどで札幌に着くので高速を使い、F市から清の病院へ向かった。

　時折初美は清に付き添って病院に泊まることもあった。一郎は鼾をかくので清が同室の患者への気配りで初美に頼むのだった。

　清のオムツを替える時に、嫁に晒さなければならない自分自身を、清はどれほど恥ずかしく辛いだろうと、初美は忍びなく思った。

　そんな札幌とF市との往復がしばらく続いていたが、医者の告知通り診断から半年後の初夏に清は亡くなった。

　危篤の知らせを受け、一郎が数日欠勤しなければならない時を考えて仕事の引き継ぎなどを終え、先にパートから帰っていた初美と子供たちを連れて札幌へ急いだ。

　病室の戸を開けた瞬間、義姉の東子が「あんたたち今まで何やってたの、遅いじゃないの。週に一回しか来ないくせに危篤になってもすぐ来ないんだから」と一郎と初美にキツイ言葉を浴びせた。

「これでも仕事を片付けて急いで来たんだぞ」

　一郎は父親の傍に寄り顔を見て状態を確認したそうだったが、病室の戸を開けた途端の姉の叱責に腹を立てていた。

「すみません。遅くなって。お義父さんいかがですか？」

　初美は一郎の背中をそっと押して清の枕元へと促した。

「尿が出なくなって今日明日が山のようだとお医者さんに言われたの。もう声掛けしても反応がないの。オシッコも出なくなった」

　久美が声を落として医師の言葉を伝えた。

「私と久美は母さん連れて一旦帰るから、あんたたちは父さんについていてね。何かあったらすぐに連絡頂戴ね」そう言いながら清の枕元で葬儀のことを姉妹とキミが話している。

「父さんに聞こえるぞ」

一郎は姉妹たちにあきれて口を出した。

東子はまだ不機嫌そうに何かぶつぶつ言いながら三人で帰って行った。

静まり返った病室には、清に繋がっている沢山の機器の電子音だけが微かに聞こえていた。

「父さん父さん一郎だよ」

一郎は何度も父親に声を掛けているが清は目を開けなかった。初美と二人で声掛けしながら腕や足を擦っていた。

夜中の三時を過ぎた頃、突然清のモニターをナースステーションで観ていた医者と看護師が慌てて病室に入ってきた。聴診器を清の胸にあて、瞳孔にライトをあてて最後の時を知らせた。看護師がエンゼルケアをしている間に一郎は姉妹に連絡した。

清を病院が手配してくれた車で、一旦は自宅で安置し、近くに住む親戚などを迎えた。

次の日、葬儀場に連れて寝かせ葬儀の準備を始めた。

初美は当たり前の様に通夜は子供たちが夜伽（寝ずの番）をするものと思っていた。しかし、姉妹は残らず一郎に長男なんだから頼むわね。とだけ言い残し帰って行った。

一郎と初美は呆気に取られている暇もなく喪服から軽装に着替え、通夜の晩に葬儀場に泊まる親戚の寝具・酒・つまみ・告別式の準備と弔電の振り分け等々と、蠟燭の番で眠ることもできない。香典の管理だけは東子の夫に頼んだ。

告別式と火葬を終えて葬儀場へ戻ってみると、東子と久美が清が入院していた間の、自宅から病院の往復の車代や清に付き添った時の外食代などをキミに請求していた。『そんなものまで母親に請求するんだ』。

初美たちは毎回自宅のあるF市と札幌間の往復のガソリン代も高速代も、当然自分たちが払うものと思っていたので、請求することなど毛頭考えていなかった。初美はこの光景に何と世知辛いんだろうと思った。

中小企業に勤めている一郎とは違い義姉も義妹もその夫たちは皆、誰でも知っている大手企業に勤めている。お金持ちの考えは違うのかとため息をついた。

一通り繰り上げ法要まで終わらせ、休む間もなくF市の自宅へ戻った。三日間眠っていなかったのと、初めて自ら親の葬式を出すという緊張が解けて、その夜は一郎と初美は泥の様に眠った。

清が亡くなってからキミは精神のバランスを崩し、近所に迷惑をかける様になったので町内会から苦情が入る様になった。

取り敢えず、一郎と初美は長男夫婦として迷惑をかけた家に謝罪に行った。

迷惑を掛けられた家はかなり気分を害していた様だったが、長男夫婦が謝罪に来たことで、最後は受け入れてくれた。

その日の夜、久美の家に姉弟妹が集まり、今後のキミのことについて話し合った。近所の手前、このまま今の家にキミを置いておく訳にはいかない。

姉妹は皆、自分の所は長男で仏壇を守っているから実家の親は見れないとか、キミが嫌いな犬がいるから見れないなど皆キミを引き取ることに消極的だった。

一郎は札幌から出ることを嫌がっていたキミを説得し、自分が引き取ると告げた。ただ条件として急を要する時は、姉妹に相談しないで病院へ連れて行くこともある。それに初めての土地で嫁と暮らすのだから母親から愚痴は出るだろう。それは聞いてやって欲しいが、自分たちの耳には入れないで欲しい。と話すと姉妹は口を揃えて、勿論母親の面倒を見て貰うのだから一切何も口出ししないと約束をした。

まず、少しの間は近くにアパートを借りて住んでもらって、祐輔が高校を卒業して家を出たら同居をすることに話は落ち着いた。

一郎と初美は自分たちのマンションから近い所のアパートを探した。

何件か内見して、自宅マンションから徒歩五分ほどの所に丁度良い物件が見つかり契約をした。

「自宅のすぐ傍だから、ちょこちょこ行き来できるし、一階だから足にも負担かからなくて良かったね」

「ああ。これで姉さんたちも安心するだろうし、おふくろも俺が傍にいるんだから喜んでくれるよ。まず姉さんに報告する」

一郎も初美もまずひとつ片付いてホッとした。

二週間後の午前中にキミは東子と一緒にやって来た。引っ越し荷物は午後から到着の予定だった。

東子はアパートの中を見て、古いだのトイレが臭うだのいろいろ文句を言ったが、一郎が祐輔の高校卒業までの少しの間だけだからと納得させた。

昼食に初美は生ちらしを作り義母と義姉をもてなした。少しでも自分たちの傍で気持ちよく暮らして欲しいとの思いがあった。

一通り片付けが終わり、東子が札幌へ戻って行った。F市最初の夜は、一郎のマンションで子供たちも一緒に、初美の手料理で細やかなキミの歓迎会をした。

初美は祐輔と美緒に学校の帰り、時々キミの所へ寄って祖母とお喋りして欲しいと言い含めた。キミが早くF市に慣れて、寂しくならないようにとの気遣いだった。

また、初美は仕事へ行く途中にキミのアパートに寄って様子を見て、帰りには和菓子など買ってアパートに寄るようにした。キミと菓子を食べながら他愛もない話をしてから帰宅する毎日だった。

その甲斐があったのか、日を追う毎にキミの初美を見る目も態度も次第に優しくなっていった。

以前、志保が心を尽くせばいつか通じると言っていた言葉を思い出していた。

ある日、いつもの様に初美がパートからキミのアパートに寄った日、キミは簞笥から手紙の様なものを出してきた。

「初美さん。これね札幌の病院から貰ったものなんだけど、こっちの病院へ持って行くようにって言われたの。何だろうね」

キミは札幌の病院が精神科だったので、頭の病気と思っていた。ただ、自分では納得していなかった。

「私、一人でここに住んでるし、料理も編み物も新聞だってちゃんと読めるのに、子供たちが札幌で病院に連れて行ったんだよ」

キミの顔は不安そうだ。

「お義母さん、お義母さんは頭の病気じゃないの。お義父さんが亡くなってから寂しくて心の病気になったの。多分こっちの病院への紹介状だと思うけど」

「えっ？　心の病気？　子供たちは何も言ってくれなかった。じゃあここには病名が書いてあるのかい？」

「そう、多分。だから安心してこちらのお医者さんに、心配なこと全部訊いたら良いと思うよ」

頭の病気でないと分かり安心したのか、キミは明るい表情になった。

F市の病院へ行くのはキミがF市に少し慣れてからと思い急かせないでいたが、キミが自ら病院へ行ってみると言い出したので、一郎が後日連れて行った。母親が自ら病院へ行くと言い出してくれたので一郎は安心したようだった。

半年後、祐輔が道外の大学入学で家を出たのを機に祐輔の部屋はキミの部屋になった。一郎はキミの部屋に電話を引き、いつでも東子や久美と遠慮なく話せるようにした。

キミが札幌の家を売り、そのお金の一部を渡したいと言い出したが、一郎は「金は母さんの物だから母さんが持っていて、好きな様に使ったらいい。たまに札幌へ行ったりしたいだろうし、姉さんや久美の所の孫にお小遣いだってあげたいだろうから」と断ると、「じゃあ食費くらいは出したい」と言うので初美と相談して、毎月三万円を貰うことにした。キミは気詰まりがなくなって良かったと安心したようだった。

だが、それから毎月キミからは娘の美緒の前でその三万円を「はい。私の今月の食い扶持」と言って乱暴に渡された。小学校の高学年になっていた娘の前でそのやり取りは初美にとって気分の良いものではなかった。

「お義母さんすみません。お金は美緒が学校へ行っている時にお願いします」

初美はキミの部屋でそっと頼んだ。

「あんたは細かいね。ああ面倒くさい。仕方なくここにいるのに」

初美はこのような些細な感情の行き違いが、これからは有るんだろうと覚悟を決め、一郎に聞かせることはなかった。

一郎は会社から帰宅すると毎日キミに、友達はできたか？　どこか行ってきたか？　老人クラブへ行ってみたら？　など声掛けを欠かさなかった。

初美もキミが好きな相撲を一緒に観たり、出かける時は自家用車で送迎し、パートへ行く前にキミの昼食を自分の弁当と一緒に作っておいた。

後日、キミから昼は自分の好きなものを食べたいからと言ったので、初美を気遣ってくれたのかと思いその言葉に甘えた。

夏には、マンションのベランダから花火大会が真正面に見えたので、一郎は内窓を全部外し、キミが花火がよく見えるように椅子を置いてキミを座らせた。

一郎は休みになると彼方此方にキミをドライブに連れて行った。キミも些細な不満は有っても幸せな日々が続いているように見えた。

キミと同居を始めて一年ほど経った頃、札幌の久美の所へ二、三日行ってくると言ってキミは出掛けて行った。その時、初美は知らなかったが、一郎は久美に電話をしていた。

「久美か？　母さんがそっちへ二、三日って言って行ったけど、一週間ほどおいてくれないか？　俺も少しゆっくりしたいから」さほど意図はなかった。ここ一年余り、一郎は仕事もそこそこに早めに帰宅したり、キミが不安にならない様に気を配ったりと、気疲れがあったのかも知れない。

ところが翌日、一郎は帰宅すると着替えもせず電話をし始めた。

「姉さん、どう言うことなんだ」

「誰が苛めてるって？　何の話だよ。ふざけるなよ」

一郎の語気を荒げている様子に初美は何が起きたのかと思った。

しばらく喧嘩ごしの会話を終えて、受話器をガチャッと強く置いた一郎にどうしたのかと尋ねた。

「風呂へ入ってから話す」

怒りが収まらない様子の一郎を見て、初美は取り敢えずビールと簡単な肴を用意して一郎が風呂から上がるのを待った。

一郎は浴室からバスタオルだけ腰に巻いて出てきた。体にはまだ水滴が残っている。

パジャマに着替え落ち着いた様子の一郎に改めて訊いてみた。

「お義姉さんと何かあったの？」

「久美がバカなこと姉さんに言ったらしい。今日、仕事中に明子姉さんから電話があって、俺たちが母さんを苛めてるって言うんだ。それで、会社だし後から電話すると言ったんだ。それで、さっき話したんだが、俺が二、三日を一週間に伸ばしてくれって久美に言ったものだから、それを明子姉さんに母さんが苛められてるって告げ口したらしい。冗談じゃない。こっちでは何でもなく過ごしてきたのに。あの時、犬がいるから母さんを引き取れないと言っていた姉さんが、うちの子供たちはおばあちゃんを大事に思っているから、自分の所で引き取るって言うんだぞ。まるでうちの子供たちが苛めてるって言ってるみたいじゃないか。頭にきた。札幌からここに来るのも渋っていたのに、本州なんかに行く訳ないだろう」

初美は今の電話の相手が長姉の明子だったとは、しかもその内容がまるで狐につままれた様な話で意味が分からなかった。

一郎は多分、初美のキミに対しての努力を慮り少し休ませてやろうと思ったのに違いない。

「大丈夫、肝心のお義母さんが分かってるよ。あなたが日頃優しく接してるのを知ってるんだもの。明日にはケロッとして電話来るんじゃない？」

「それなら良いけどな。姉さんの言い方に腹が立つんだ」

このことがこの先大事になるとは思わずにその日は過ぎた。ただ、初美は何か胸騒ぎを覚えた。『やはり私に不満なのか』

翌日の夕方、次女の東子から電話があった。

「まだ、一郎さん戻ってないんですけど、帰ったらお電話します」

「明日の午後、母のことで話があるのでそっちに行くから一郎に伝えておいて」東子の話し方に少し棘がある様に感じられた。

翌日、東子夫婦がキミを連れてやって来た。まず東子が口火を切った。

「初美さん、お昼作ってくれてないんだってね。それに夕食が七時って年寄りに対して遅いでしょ。薬だって飲んでるのに。一郎も何も言わないんだって？　美緒ちゃんから声もかけて貰えないんだって？」

次々に出てくる初美を責める東子の言葉に初美は思いもよらない言われ方で狼狽えた。

「いえ、お昼はお義母さんが自分で用意したいと言ったんです。夕食も私が仕事を終えて買い物をして帰ってきたらそんな時間になってしまうんです。美緒もちゃんとおばあちゃんと話してますよ」

初美は情けなくて声が震えていた。

「母さん、どうしたんだよ。初美のお陰で病気が良くなってきたと話していたじゃないか。いつも母さんを一番に考えて接してくれただろう。ここの家は朗らかで良いねぇと言ってたじゃないか」

一郎は隣で小さい体をもっと小さくして俯いている初美を見て口を開いた。

「病気が良くなったのは、F市の病院の薬が良かったんだわ。それに初美さん、会社から帰ってもただいま一つ言わないでしょ」

キミは初美に顔を背けたまま思いがけない言葉を言い始めた。

初美は耳を疑った。子供たちにもいつも挨拶はきちんとするように言ってきた。ただ、初美が出掛ける時や帰宅する時、キミはいつもテレビをつけているので聞こえなかったのかも知れない。

「そんなこと……私は言ってます」それだけ答えるのがやっとだった。

「兎に角、これ以上ここには置いておけないし、明子姉さんの所は遠すぎるから、うちで引き取るから。札幌で久美と面倒見るわ。あんたは長男の役目を果たしてないんだから」

「分かった。全部ねえさんがするんだな。母さんもそれで良いんだな？」

「お義母さん。一郎さんの傍が良いんじゃないですか？　折角今まで仲良くやってきたのに」

初美は一郎を思い最後までキミにこのまま一緒に暮らそうと言ったが、キミは「やっぱり実の娘ほど良いものないわ。嫁の言いなりの息子とは違うしね。一人息子と思い大事に育て、大学まで出してやったのに望んだ嫁が来るとは限らない。結局私は追い出されたんだから」

キミから出る信じられない言葉に耳を塞ぎたかった。

キミが東子に連れられ家を出てから一週間後の日曜日、一郎はレンタカーの軽トラックにキミの荷物を積み込んで東子の家まで運んだ。

一郎は軽トラックのハンドルを握りながら頬を伝う涙を拭った。

箪笥・テレビ・ベッド・電話機、今までそこに有った物がない六畳の部屋はガランとしていた。一年余りなのにその部屋は既にキミの匂いが染みついていた。レースのカーテンが初夏の風に揺れている。

あぁ、どんなに尽くしてもダメなんだ。やはり認めて貰えてなかった。とうに亡くなっている志保を思い、こんな理不尽なことになぜ遭うのかと問いたいが答えは返ってこない。志保なら多分「大丈夫。自分の死期が近づいてきたらきっと、初美にありがとうと言ってくれるよ」

『そうだろうか、ばあちゃん。本当にそうだろうか？』

夕方、キミの荷物を届けた一郎が帰ってきた。

「お帰りなさい。お疲れ様」

初美が聞く前に一郎の方から話し出した。

「母さんの部屋暗いんだ。うちにいればこんなに明るくて風通しも良いのになぁ。娘が良いって言ったってなぁ。どれほど良いと思ってるのか」

「そうなの。あんなに止めたのにね。私たちがしてあげたことをいつかきっと分かってくれるよ」

「お前もお疲れ様だったな。大丈夫か？」

「私は大丈夫。あなたが分かってくれているから」

一郎は肩を落としながらシャワーを浴びに浴室へ行った。

キミが家を出てからふた月ほど経った頃、一郎がいつもより遅く帰宅した。スーツから部屋着に着替えながら「今野の義兄さん（東子の夫）から連絡があり会ってきた」

「えっ？　お義母さんどうかした？」

今まで義兄から連絡など来たことがなかったので不審に思い聞き返すと「母さんが、姉さんの家に行ってから、一郎の家では彼方此方と連れて行ってくれたとか、珍しいもの食べさせてくれたとか、初美さんが何処へ行くにも車で送り迎えしてくれたなどと言ってるらしいんだ。それでうちではそんなことできないから、期待されても困るとわざわざ言いに来たらしい」

「きっと娘だから思わず甘えて言ったんじゃないの？」

「だから多少思い通りにいかないことがあったって俺んとこにいれば良かったんだよ」

「以前、皆で話し合った時に、愚痴は聞いても私たちには聞かせないで欲しいと約束してくれたのにね。やっぱり途中からの同居って難しいね」

数年後、キミは脳卒中を患い昏睡状態になった。一郎と初美が病院に様子を見に行くと、病室は何とも言えない異臭が漂っていた。

キミの髪の毛はクシャクシャで爪は伸び放題だった。初美はナースステーションからブラシと爪切りを借り、キミの身形を整えた。綺麗好きだったキミの今の姿が哀れだった。

それからほどなくしてキミは亡くなった。初美に何も言葉を残すこともなく逝ってしまった。

丁度その頃、一郎が定年にはまだ数年残っていたが、若年性認知症を患い早期退職を余儀なくされた。

その時はまだ軽度の状態だったので、どうにか喪主を務めて役目を終えることができた。その後一気に症状が進み、意思疎通など通常の生活が困難になり始めて、障害認定三級からすぐに一級になった。初美の一郎を介護する生活が次第に重労働になってきた。

介護には、一郎の世話ばかりではなく、役所に申請しなければならない手続きが山ほどある。その申請も煩雑で時間が非常にかかる。

国というのは、徴収するものは有無を言わさぬが、国からの助成を求めるには信じられないくらいの労力が要る。

その頃は既に結婚していた祐輔も美緒も子育て真っ最中で、よっぽどのことがない限り頼ることはできない。全て初美の双肩に掛かっていた。泣いている暇などなかった。

ただ、初美の話を二人の子供たちは面倒がらずよく聞きアドバイスを与えていた。そのことが初美にとってどれほどの力と勇気となったか。それは発病七年目に特別養護老人ホームに入所してからも続いている。

当然、一郎の姉妹には一郎の病状と施設名を連絡していたが、一郎を気遣う言葉や施設へ来ることはない。

一郎の家族、初美の家族。幼少期に培ったはずの絆とはないも同然なのか。初美は彼女たちとどう接すれば良かったのだろう。まるでスライムの中にいて身動きが取りにくい様な不快感の長い時間。

毎朝、仏壇へのお供えや義父母の命日などの供養は欠かしたことがないけれど……。それは、義父母の為でなく叶わなくなった一郎の代わりに言葉を掛けている。祈りに答えを求めても返ってこない。

ふと、遠藤周作著『沈黙』が頭を過った。

父の死

父は母が亡くなる四年前に癌で亡くなっている。

壮一が危篤だと叔母から連絡を受け、これが父との最後かと思い、会いに行くと叔母に伝え、早速飛行機と宿の手配をしていた。すると、叔母から初美が行くことを聞いた父の奥さんから電話が入り、喜んで待っているという。

父の危篤で本州に行くということを、関西で勤めている娘の美緒に知らせると、一度も会ったことがないおじいちゃんに、最後くらい会いたいと言うので、少し躊躇ったが父にすればまだ見ぬ孫に会いたいだろうと美緒の申し出を快く承諾した。

美緒が生まれても、父の住む町が道外で遠く母に知れると面倒ということも有り、会わせる機会がなかった。

美緒と落ち合う場所を決めて電話を切り、ホテルへ宿泊人数の変更の連絡をした。

長男の祐輔にも知らせた。祐輔の大学が関東で父の住まいに近かったので、以前何度か父と電話のやりとりをしていた時につい、祐輔が関東の大学に行くことになったことを話した。

父にとっては初孫の祐輔と会いたがった。

取り敢えず祐輔のアパートの住所と電話番号を知らせると、それから時々、祐輔を連れて釣りなどに出かけて行った。父は祐輔と一緒にいるのが嬉しいらしく、また祐輔も嫌がる様子もなく、二人は時々会っていたようだ。

祐輔が魚好きで食べ方が上手い。俺に似ていると嬉しそうに電話で話していた。そんな父とのやりとりは勿論母の曜子には内緒にしていた。

祐輔は「仕事で病院には行けないけど、じいさんにお大事にと言っておいて」と伝言を受けた。

叔母は房枝と頼子にも連絡をしたが、二人ともきっぱり断ったという。この初美が父に会いに行ったことも妹たちには承服し難い、特に房枝には絶対に許せないことだった。

房枝は父が一度、北海道を訪れた時に房枝の店に寄ったことがあったが、房枝は父に自分の周りに一切近づかないで欲しいし、二度と関わりたくないと言い渡していた。

次の日、六月の半ばは北海道では初夏だが関東では梅雨入りの頃でジトッとしてた。慣れぬ気象と土地だったが、美緒に諭されながら父が入院している病院へ向かった。約四十年ぶりの再会だった。

ノックをして病室に入ると、父がベッドに横になっていた。その傍には父の奥さんが付き添っていた。彼女はあの時より歳を取っていたが、幾分垢抜けしたように見えた。

「初美ちゃん。よく来てくれました。お父さんに初美ちゃんが来てくれると話したら嬉しそうにまだか、まだ来ないのかと待ちくたびれていたの。本当にありがとう。沢山話ししてあげて」

「ご無沙汰しています。娘の美緒です」

　取り敢えずの挨拶を終えると、父の奥さんは病室に父と初美と美緒を残して、少し買い物に行ってくると言い残し病室を出て行った。水入らずにしてやろうとの思いだったのだろう。

　危篤と聞いていたが、意外に元気な様子に驚いた。亡くなる直前は、よく世間でいう蠟燭の火が消える前に一瞬明るくなる。そういうことなのか。

　父の顔はすっかり年老いていたが、若い時からの端正な顔立ちの面影は残っていた。やはり頼子は父に似ている。

「父さん、入院していても元気そうに見える。年取ったね〜。でも、昔のままイケメンじゃないの」

　会わない数十年間があっても、祐輔との関係もあり、電話では時々話をしていたので会話はすんなり始められた。

「そりゃなぁ。これから婿に行くからな」

　冗談を言いながら、目に涙が溜まっているのが見えた。

「父さん、娘の美緒。祐輔の妹」

「おじいちゃん、美緒です。お加減いかがですか？」

「おお、おお美緒か。母さんに似て美人だな」

父は初美が見たことがないような穏やかな顔で、目を細め冗談を交えて美緒を見ている。美緒は「おじいちゃん楽しい人だね」と笑っている。

父が水が飲みたいと言うので、病室の冷蔵庫からボトルに入った冷たい水を出して、吸い口に入れて飲ませると、両手を合わせ拝むようにして泣き出した。

「すまない、すまない」と何度も詫びるのを見て初美は「もういいよ。時効だよ。今はみんな結婚してそれなりに幸せに暮らしているんだし、母さんも元気にしているから」

この人は何故こんな縁もゆかりもない所で病気になって、娘に詫びなきゃならないような人生を送ってきたのだろう。切なすぎる。『馬鹿だよ父さんは……』初美は父の顔を見ながら心で呟いた。

でも、最後に美緒を会わせてあげて良かった。ここに来たことは後悔しないと思った。

「奥さん、良い人なんだね。木村の家の人たちとも上手くいってるんでしょ？　母さんにはできなかったけど…」

「ああ、よくやってくれるんだ。俺が病気になってからナベがあいつの相談に乗ってくれてる。有難い」

「えっ？　渡辺（わたなべ）さんこっちに居るの？」

「いや、時々北海道から来てくれてる」

父の旧制中学時代の友人の渡辺と今でも付き合いがあるのを聞いて驚いた。

しばらく世間話・近況・祐輔からの伝言などを伝えていると、光男叔父の孫がお見舞いに来た。

東京で看護師をしている彼女は、これからアメリカの看護師になる為留学するらしい。その前に大伯父の父に会いに来たとのこと。父にはこんな遠い親戚まで見舞いに来るということは、父の奥さんがS町の木村家に対して、きちんと義理を果たしているからなのだと感じた。そして木村家の人たちも彼女をきちんと受け入れていることが分かった。

小一時間ほど経った頃、父の奥さんが病室に戻ってきた。十分話ができたので、父に別れを告げて病室を出た。

病院の廊下で「父がもし亡くなったとしても、多分来れないと思います。宜しくお願いします」

初美の言葉を受けて彼女は「今日は本当にありがとう。いつもあなたたちに償いをしなきゃと言ってます。今は全身が癌に侵されていてもう何もできなくて、それなのにこんな遠くまで来てくれてありがとうございました」

彼女は丁寧に礼を言って、初美と美緒が見えなくなるまで見送っていた。その一週間後父は逝った。最期はきっと幸せだったのだろう。悪人正機とはこういうことなのか。

後日、父のことを房枝から聞いた母は、初美に多少の嫌味を言ったが、初美もそう言うことは言われるだろうと覚悟をしていたので、黙って聞いていた。

病との共存

初美が最初に入院したのは小学校六年の冬だった。赤ちゃんの時、ハイハイをしてストーブに手を入れ焼けた灰で火傷をした。幼子の皮膚は柔らかく、指と指の間に水かきができるほど引っ付いてしまった。それを離すため体力が付く小学校高学年頃まで待って手術をした。

その手術で腿から皮膚を取り手の指に移植した。手の指も腿も部分麻酔だったので、麻酔の針を何度も刺される度に激痛が走る。小学生の初美には気が遠くなるほどの強い痛みに感じたが、耐えるしかなかった。ひと針ひと針が最後の針の痛みに近づく。手術の終わりに近づくと思い耐えた。

この頃から辛いことが有ると、長い時間のうちの最初の一日が終わったら、残りの日数が一日減ったということになると思うことにした。

どんな嫌なことも少しずつ終わりに近づくのだ。長い冬がいつか終わり暖かい春が来るように。

火傷手術の入院中、病室にテレビなどない時代、待合室のテレビを観るのが楽しみだった。円谷プロの〝ウルトラQ〟。オープニングに出てくる、コーヒーカップの中のクリームが広がる渦巻の様な画面。それを観ていると自分の不安定な心を映している様に感じたものだ。

火傷の手術を皮切りにその後は血管腫・脂肪腫・良性腫瘍・癌など体の至る所にメスの傷跡が増えて行った。

メスが入らなくても、メニエール病や突発性難聴が原因で三種類の耳鳴りが常に聞こえる。入院するたびに点滴や採血で血管を酷使する。それが原因かどうか不明だが、血管が見つけづらいらしく、何度も針を刺されるのもストレスになっている。

どの手術でも母の曜子が手術時間に間に合うことは一度もなかった。

幼い頃は手術室へ向かうストレッチャーに乗せられ、ただただ不安で仕方なかった。母に傍にいて欲しかった。でも、手を握ってくれるのはいつも看護師。その看護師に「お母さん遅いね！　忙しいのかな?」などと言われるとストレッチャーの布団の中で小さく頷くのだった。

初美が手術をする度、病室で初美の頭を撫でながら「どうしてお前ばかり痛い辛い思いをするんだろう。可哀相に。でもお大師さんがちゃんと守ってくれてるからね」

子供時代は、志保に励まされると本当に弘法大師が守ってくれる様な気がしてくるのだった。

最初に癌の手術をしたのは初美が三十歳の時、美緒を出産した直後だった。喉に何となく違和感が有り、その時に住んでいた転勤先は小さな町で、医療に不安が有ったのでバスで一時間ほどのK市の病院で診察を受けた。診断は左側の甲状腺がんだった。聞いた時は思いもしないことで、ショックでどう家まで帰ったのか記憶がないのに、帰路の途中で感じた胸の中の風がザワザワ鳴っていたのは覚えている。

バスの乗客と自分が違う世界にいるような違和感。

生まれたばかりの美緒の寝顔を見て、美緒の成長を見られないのか、祐輔はどうなるのかと不安で吐き気がした。

一郎も診断の結果を初美から聞き、「悪いところを取ったら元気になる。心配するな」と自分がショックを受けたことを初美に悟られないように力強く言葉を掛けた。自分の表情で初美の不安が増すのが心配だった。

K市の病院で左甲状腺を切除し、入院時は一郎が子供たちの面倒をよく見た。まだ歩くことができない美緒のオムツやミルク。祐輔の食事。出勤前に託児所へ連れて行き、早くに帰宅して託児所へ美緒を迎えに行く。小学生の祐輔も父親の手伝いを進んでしていた。

その後数年間は体に変調はなかったが、一郎の転勤やそれに伴う初美の新たな仕事、姑との同居など初美を取り巻く環境が変わると少しずつ病の欠片が初美を傷つけ始めた。腎臓がん、大腸がん、甲状腺がんの再発と転移。

腎臓がんの時は片方の腎臓の半分がダメになっているので、悪い片方を摘出するかそれとも部分切除するのか家族と相談するようにと医師から告げられた。だが、初美は一郎に相談しても初美を気遣って悩ませてしまうだろうと思い部分切除と即決した。片方を全摘してもう片方が癌になるのを懸念したからだった。また、腎臓がんは抗がん剤の効果を期待できないと聞かされたことも、部分切除にした理由でもあった。

一郎はそれを聞いた時、還暦手前で少し老いたのか泣きながら「大丈夫、絶対死なせない」と初美を抱き寄せた。初美の方がなぜか落ち着いていた。結果二十センチの大きな傷が腹部にでき、その後動くと腹部の中で擦れる様な痛みが暫く続いた。

大腸がんの時はそれほど大きくなかったので、腎臓がんの時ほど不安はなかった。

古希を目前にして甲状腺の再発と転移が見つかり全摘。過去の手術の癒着が有り、かなりリスクが大きかった。また一つチラージンという薬が増えた一郎が若年性認知症になっていたので、不安を訴えることも励まして貰うことも叶わなかった。

毎回の手術の度にきっとこれが最後になると思いながら、過去に罹った癌の為、毎年受けなければならない癌検診の煩わしさと後遺症の咳に苦しめられている。ちょっとした刺激で酷い咳が出るので、いつ咳き込むか不安で好きな映画もコンサートにも行くのを諦めた。今はもっぱら映画はファイアーＴＶ、音楽はアレクサで楽しんでいる。

入院をしていない時でも、姑と同居をし始め、夫の姉妹との関わりも増えた辺りから、過敏性腸症候群で頻便と頻尿など自分でコントロールできない症状が出始めてきた。日に二十回もトイレに行くこともある。バス通勤など途中で下車することもしばしば。友人との楽しい筈の喫茶店での会話も中座しなければならない。旅行の時は失敗しても良いように紙おむつを使用していた。

時には体のあちこちに痛みが出て、仕事にも支障が出始めてきたので、心療内科で受診をすると、身体表現性障害という診断だった。

極度の不安感と恐怖心が体に影響をもたらしているとの説明だった。処方された抗不安剤も抗恐怖剤も体に合わず、抗うつ剤のサインバルタが一番合うとのことで今も処方されている。

一郎がまだ若年性認知症になる前は初美が不安そうな顔をしているとすぐに気付き、「大丈夫、大丈夫だから」と言って優しく抱きしめてくれた。

初美にとって病は戦う相手ではなく、一郎に見守られながら、怒らせない様に仲良く共存していくものになった。

しかし、子供たちが家庭を持ち、一郎が施設に入所し一人暮らしになると、病との共存もなかなか難しいものになっていった。

ある日、大腸のポリープを取るための事前準備で、ピコスルファートという下剤を服用した。何度も検査や手術の度に服用したことがあるので、何も心配していなかったが、その日は夜八時に服用して、次の日の朝に飲む二リットルの水に溶かした腸管洗浄剤と一泊の入院の用意してベッドに入った。次の日のことを考え少し緊張しながら眠りに落ちたが、夜中二時頃便意を催してトイレに行くと、便は出ずに次第に腹部の痛みが激痛に変わり、遂に下血・嘔吐と痺れ・過呼吸で救急搬送された。病名は下剤による虚血性大腸炎だった。

一週間の入院、下血がなくなるまで絶食で点滴。当然ポリープ切除は延期になった。

マンションでの一人暮らしでオートロックの場合、救急隊員を呼ぶのも迎えるのも大変なこと。這い蹲りながら痛みで顔を歪ませて脂汗が流れ落ちるのにも堪え、下着を上げるのもままならないまま解錠しなければならない。

夜中パジャマのまま搬送され入院になれば、当座の入退院の用意も費用も、一時的に誰かに頼まなければならない。こんな時に姉妹との仲が良好なら心配なく頼めるのに……以前頼子の入院時に初美が手を差し伸べたように。自分には望めないのだ。

一人暮らしの孤独死が増えている昨今、それは仕方がないと覚悟をしていたつもりだったが、死んでいる自分がトイレで這い蹲った格好のまま、痛みに顔を歪ませてあられもない姿で発見されることもあるのかも知れない。救急搬送された翌日の朝痛みから解放され、落ち着きを取り戻した病院のベッドでつくづく思う初美だった。

基本的に他人に借りは作らない様に生きてきたが、老いてくるとそうも言っていられない現実が初美にのし掛かる。

緊急搬送された時には、一日分の入院準備しかしていなかったが、下血が止まらないうちは絶食・点滴栄養で入院期間が長引きそうだった。この時は全国で新型コロナウイルスが猛威を振るっていた時で、運悪く祐輔は地方で単身赴任中、祐輔家族もコロナウイルスに感染して自宅療養していたので、着替えなど頼みごとが出来ない。仕方なく申し訳なかったが、親しくしている友人に頼んだ。友人だって他人の留守の家に入るのは内心は嫌だったに違いないが、快く引き受けてくれた。本当に有難かった。

そんな病との共存だが、癌の告知を受ける時はいつも早期で発見されている。癌によっての投薬は甲状腺全摘の為に服用しているチラージンのみなので、体に手術の傷は沢山あるが、運が良いと思っている。

待　春

初美は年々、鏡に映る自分の姿が母に似てきていると実感する。『間違いなく母の遺伝子はしっかり自分に存在している』母の娘なのだと思い知らされるのだ。

母を反面教師として生きてきた筈だったが、鏡に映った母親そっくりの自分を見ると、目の前に母がいる。思わず昔にタイムスリップした様で愕然とする。

両親、姉妹、姑や小姑との関係を築くのにもっと良い方法が有ったのではないのか？誠意をもって接してきたと声高に叫んでも、結局関係が改善されなかったではないか。

その接し方の選択と判断に間違いが有ったかも知れないが、初美としてはその時々で精一杯だった。だからこの結果も甘んじて受け止めなければならないのだろう。

父は自分たちを棄てて勝手な道を選んで生きても、最期は身内や友人たちに看取られて旅立っていった。でも、母は見栄と意地を織り交ぜながら、我が子を手放さずに懸命に生きたが、最期は経を読んで貰うことも、位牌もなくひっそりと死んでいった。

この両親の生き様と最期は何を物語っているのか？　安らかな最期を迎えるのにどんな生き方が正しいのか、まだ答えが見つかっていない。

自分は両親とは違う生き方をしようと、心掛けてきたことが、却ってそれを意識しすぎて自分を追い込み、他の人にも必要以上に気を使い空回りしていたのかも知れない。

一郎が初美を見て時々言っていたのは「車のハンドルも遊びが有る。お前も少し楽に生きろ。疲れてしまうぞ」きっとそうなんだ。

歳を重ね葬儀に出席する機会が増えてくると、どんな生き方をしても死に様と寿命は生き方に関係がないのではと思う。

人一倍健康に気を付けて生活してる人、慈悲深い人でも早世したり、病に罹り苦しんで亡くなる人もいれば、他人に迷惑ばかり掛けている人や、私利私欲ばかりを優先している人が、大病もせず長生きして穏やかに死を迎える人などを見ると、そう思わざるを得ない。

「今頃気が付いたの？　良い人ぶって他人に接して、だからってその人たちが自分によくしてくれる。幸せになれる。なんて期待しすぎるから傷つくんでしょ。皆、なる様になって死んでいくのよ。相変わらず馬鹿ね」そんな風に房枝は笑っているのかも知れない。

古希をすぐ目の前にして老いを嫌でも感じる様になってきた今、新たに若い時には全く感じなかった、質の違う深い孤独感と癌の再発や転移などの不安に押し潰されそうになる。こんな時は無理だと分かっているが、夫に励まして貰いたい。

一人で生きていく覚悟というのはなかなかできないし、生きていく意味が分からなくなる時があると、ふと消えたくなる衝動に駆られる。

だが、初美を妻と認識することも、言葉を発することも、何も理解することができなくなった一郎を思うと、自分自身にデリートキーはまだ押せない。昔あれほど身近にあった自らの死が夫を思うとほんの少し遠くなる。

一郎よりは何とか少しでも長く生きたい。

一郎が寂しくなく旅立てるように。

初めて初美を一人の人として、女性として育んでくれた人だから。

もうすぐ結婚記念日。小さな花束を持って施設へ一郎に会いに行こう。一郎が病を得る前に初美にしてくれていたように。時々見せてくれる何気ない笑みに会うために。そう、一郎は初美を救ってくれた恩人なのだから。

北海道にももうすぐ桜と色とりどりの花々が一斉に咲き始める季節がやってくる。

もし、生まれ変わりが有るとしたら、来世は人間ではなく厳寒の中でも、身じろぎもせず雄大なオホーツク海を見下ろす孤高のオジロワシになりたい。

おわり

著者プロフィール

山根 光子（やまね こうこ）

1954年生まれ。北海道出身・在住。
道立高校卒業。
特定非営利活動法人　北海道若年認知症の人と家族の会会員。
既刊著書『「冬の雷」若年認知症の夫と生きる』（パブフル出版 2019年）

デリートキー

2024年 4 月15日　初版第 1 刷発行

著　者　山根 光子
発行者　瓜谷 綱延
発行所　株式会社文芸社
〒160-0022　東京都新宿区新宿1－10－1
電話　03-5369-3060（代表）
03-5369-2299（販売）

印　刷　株式会社文芸社
製本所　株式会社MOTOMURA

ISBN978-4-286-25255-1